KB137847

악역의 구원자

Story 명랑 × 잿슨 Art

아이는 행복했다.

근엄하지만 올곧은 성격의 아버지와
무한히도 자애로운 어머니 밑에서.

툭
적어도 후견인이었던
한미한 남작이…

파삭
그의 어머니를
고위 귀족의 정부로
팔아버리기 전까진 말이다.

비틀
그런…
덜덜덜..
그런 눈으로
날 보지 말란 말이야.

애초에 눈빛도
그년을 닮았어.
너도 똑같아.
처음부터
네 어미 년은…
버둥
버둥
다른 남자가 있었어.

콰과광
확
그래. 네 녀석이
내 자식이란 증거가
어디 있어?

쏴
아
아
아
웃음이 만개했던 집안에는
눈물과 폭력이 남긴
신음만이 흘렀고…

온전히 홀로 감당해야 했던
작은 아이의 몸에는
불행의 꽃이 뒤덮였다.

끼이익…
아제프…

3년 후,
어머니가 그의 품으로
돌아왔을 때…

모든 불운은
끝나는 듯 보였지만

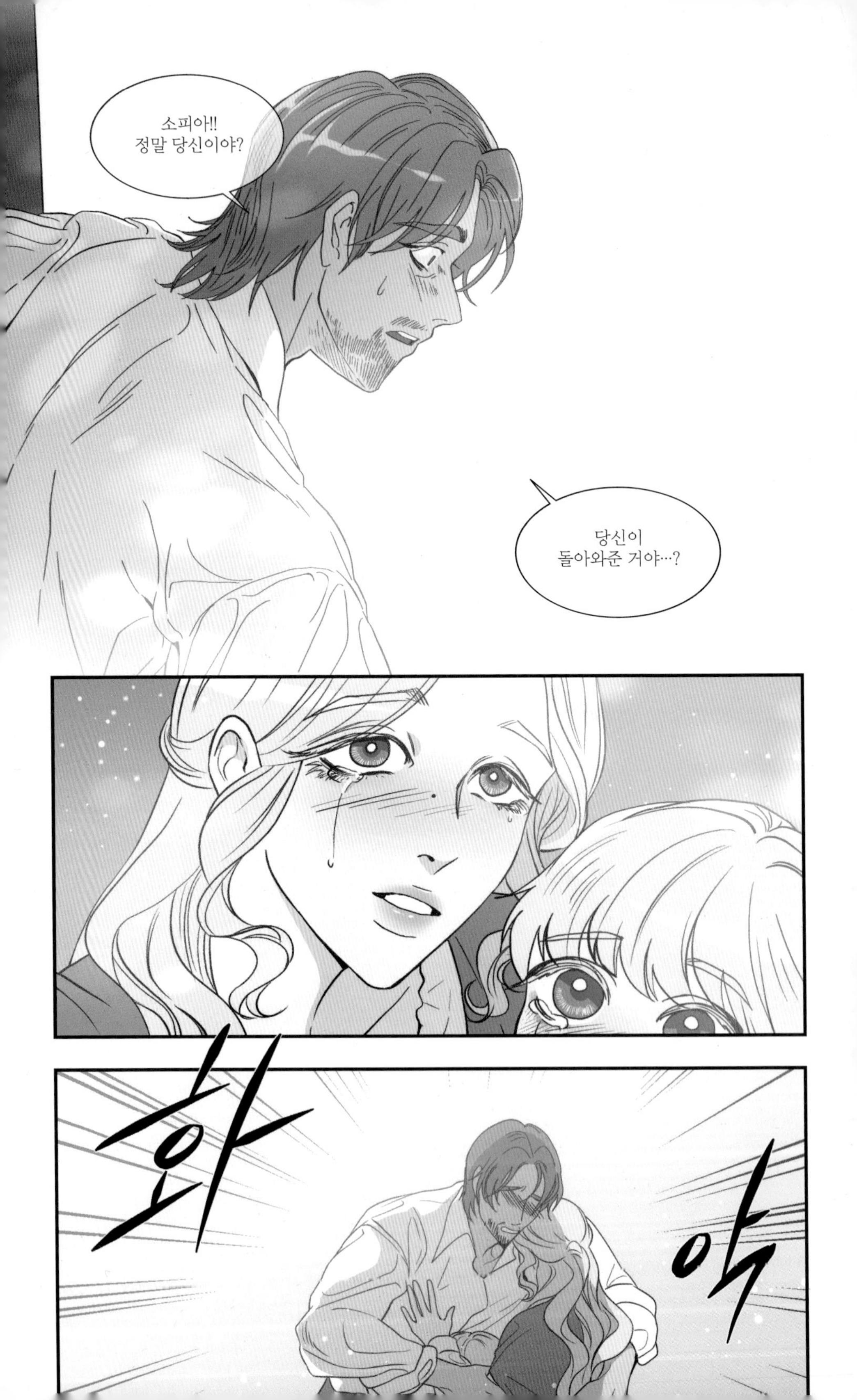
소피아!!
정말 당신이야?
당신이
돌아와준 거야…?
화
악

흑흑… 고마워…
돌아와줘서…
당신을 다시는
못 볼 줄 알았는데…
흑
엉엉…
흑
그것이 오히려
그의 비극적인 운명의
시작에 불과하다는 것을…

그는 미처 짐작도
하지 못했을 것이다.

머뭇…

괜찮아. 이리 와서
만져보라니까?

살금…

두근…
두근…

두근!

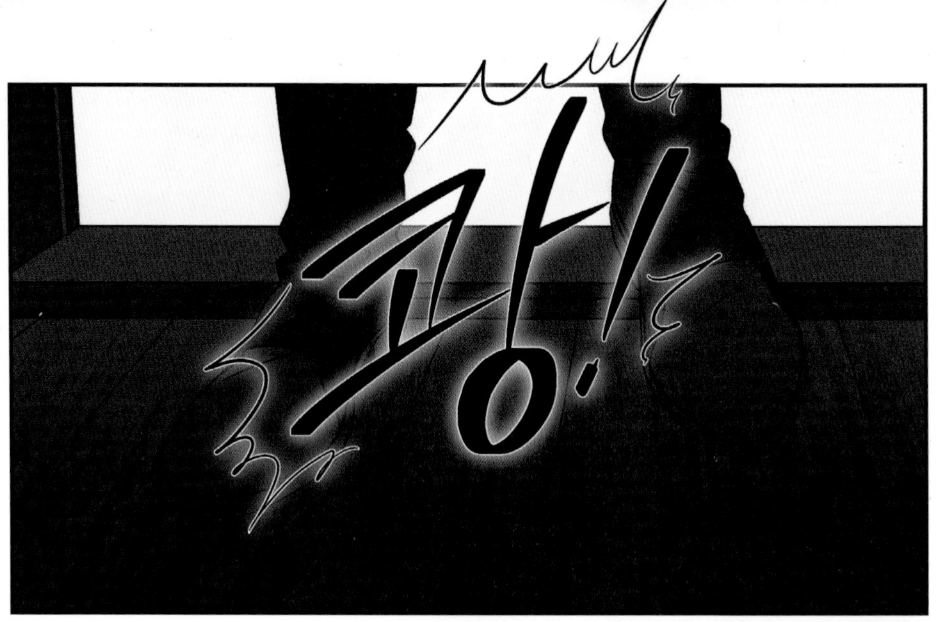
쾅!

딸꾹

저벅
휴버트…
저벅

다신 술을
먹지 않기로 했잖아요.
쨍그랑
꺄아악!

뭐라고 지껄이는 거야?
더러운 창녀가…
다른 새끼 애를 배고도
뻔뻔하게 내 앞에
나타난 주제에…

악마 같은 년.
퍽!
쿠당탕
차라리
죽어버렸어야지!
화악

대체 무슨 낯짝으로
살아 돌아온 거야!
쾅!
꺄아아악!!

나를 얼마나 우습게 여기고 있는 거냐고!!
아아, 휴버트…
이러지 말아요. 제발…

아빠… 하지 말아요.
흐아아앙 아빠… 제발요…!

꺄아아악!!
질질질질
쾅!
철컥!

엄마아아~~!!
타다닥

투쾅
아아악—!
쿵
쿵
엄마아아아!!
퍽
제발… 그만해요! 휴버트…!
퍽
꺄악!!
닥쳐!!
퍽
꺄아악
퍼억
아아아악!

주룩
흐어엉… 엄마…
투둑
어둠으로 둘러싸인 미로의 감정에 갇혀
존재하지도 않는 출구를 필사적으로 찾으러 달리는 기분이었을까…?

흑
흑…
제발요.
제발… 그만해요…
아이는
차라리 그가 닿은 어둠이
스스로를 삼켜주길
바랐을지 모른다.

괜…찮아요?

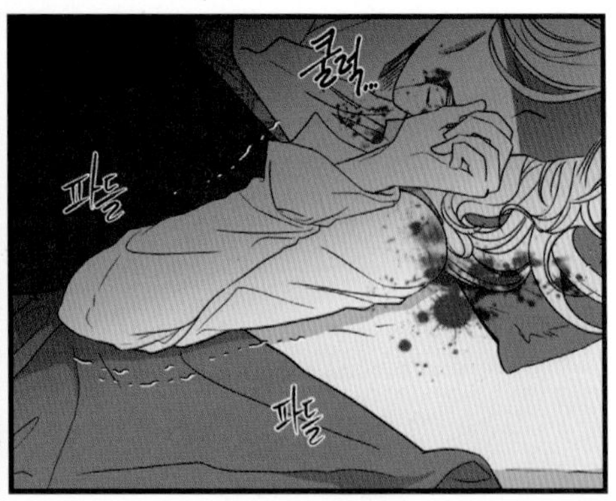

그러니까
죽지 마요…

날카로운 풀잎들이
그의 발에 입히는
작은 상처 따위는
자신을 주시하던 어둠에게
집어삼켜지기 직전의
불안감에 비하면

몹시도 사소한
일이었기에…
쏴아아

헉
헉…
헉…

멈칫

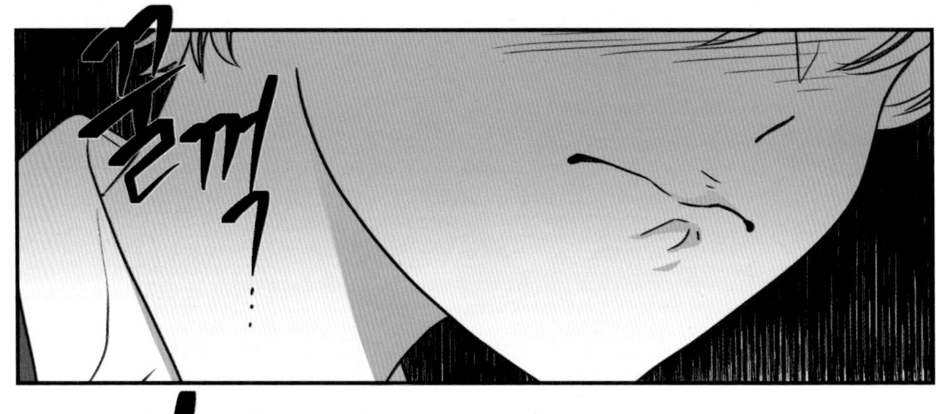
꿀꺽…!

콰악

네이놈!
거기 안 서?!
타다닷

턱
쿠당

헉
헉
헉…
조금만요…
조금만 기다려요.
그렇게…
아이는 사정없이 달렸다.
타
다
닥
헉
헉…
금방 가져갈게요.
엄마, 제발 죽지 마요…
길고 긴 어둠 밖으로
닿을 수 있는
모든 힘을 쥐어짜내며…

타
다
닷

하지만 진정 그를
좌절 속 나락으로
떨어뜨린 것은
어둠이 아닌…
화르륵

그의 모든 것을 삼켜버린 화마.

또다시 세상에 홀로 버려질
두려움과 외로움.

화르르
타닥
타닥

아이의 이름은
아제프.

어…
엄마?

아…
…아…

으
아
감당하기엔…
그의 나이 고작 5세 때의
일이었다.
아
앙

어둠에 갇힌 아이가
소년이 되어가는 동안
할 수 있는 일은
그리 많지 않았다.

이것뿐인가요?

싫으면 관둬도 상관없다.
네가 아니어도 원하는 녀석들은 이 골목에 얼마든지 있으니…

아… 아니에요.
타다다닷
할게요. 할 수 있어요.

재수 없는 녀석. 난 너 같은 놈들을 잘 알아.
원하는 걸 얻기 위해 뭐든지 하는 더러운 쓰레기들이지.

적선이나 베풀려 했더니
감히 내게 모욕을 줘?
아닙니다.
어르신. 공작님…
그럴 리가요.
제게 베푸시는 자비를
제가 어찌 모를까요?

툭
좋아.
그런 자세라면 얼마든지
먹을 것을 구해다 주마.

스
륵
그럼…
이젠 그 자비에
네가 보답할 차례야.

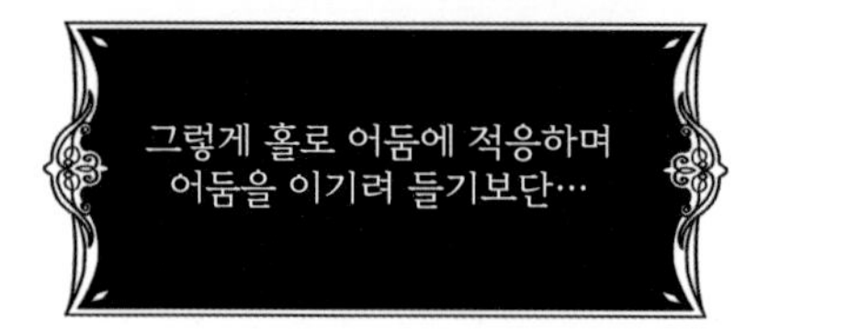
그렇게 홀로 어둠에 적응하며
어둠을 이기려 들기보단…

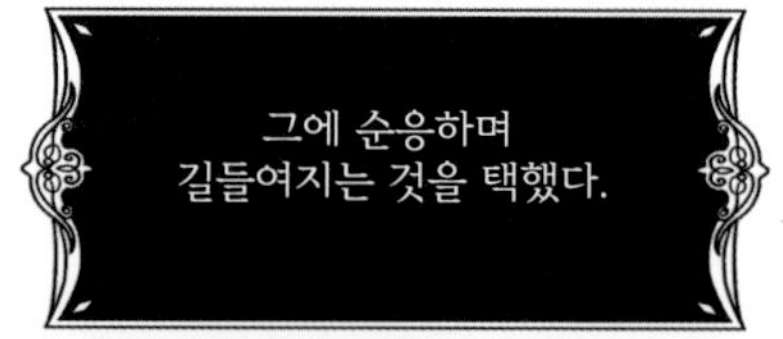
그에 순응하며
길들여지는 것을 택했다.

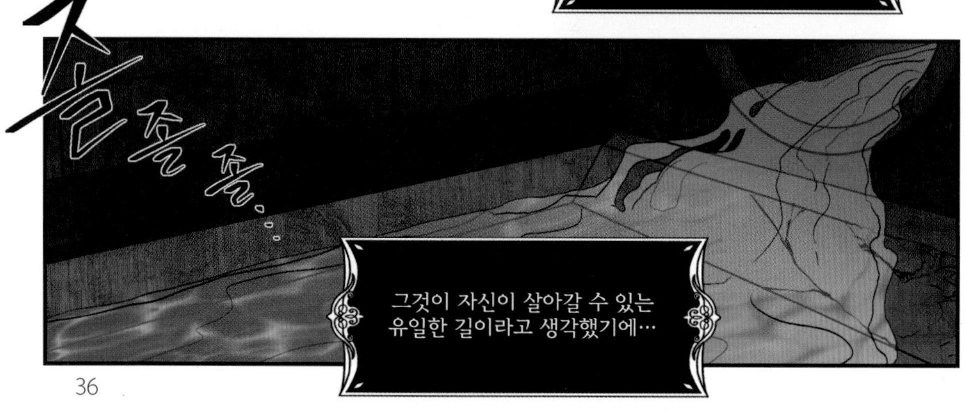
졸졸 졸…
그것이 자신이 살아갈 수 있는
유일한 길이라고 생각했기에…

휘
이
잉
오들
오들
굶주린 배를 채우기 위해
팔 수 있는 모든 것을 팔았고…

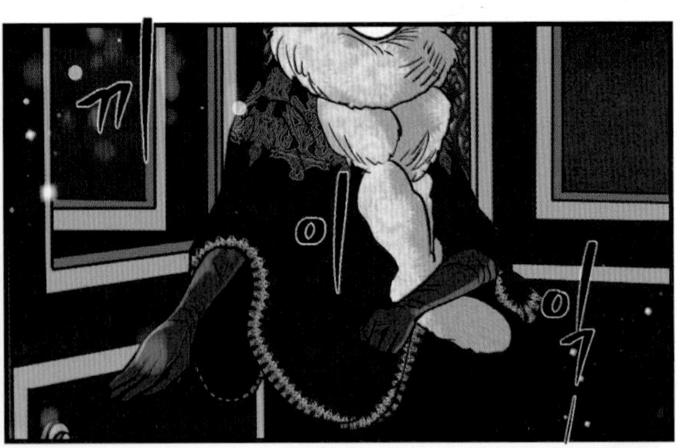
끼이익

그 절망의 끝에서…
소년은 그녀를 만났다.

부인, 한 푼만 적선해주십시오.

고개를 들어봐라.

그라시아 란델.

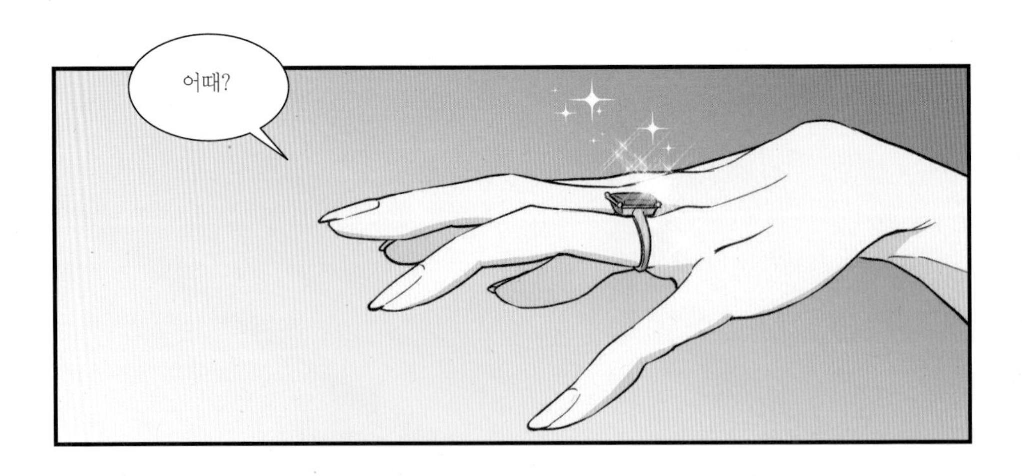
어때?

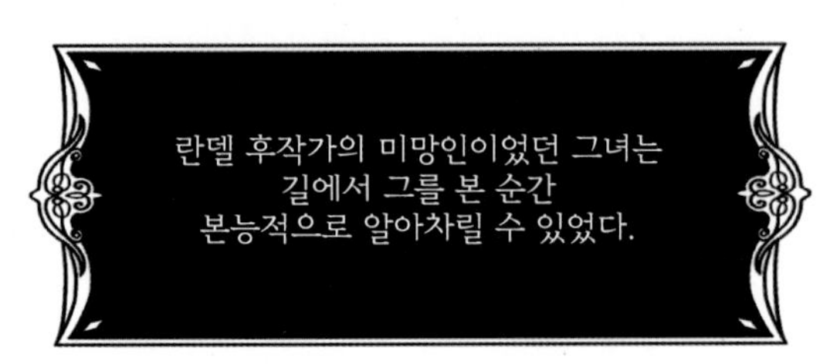
란델 후작가의 미망인이었던 그녀는
길에서 그를 본 순간
본능적으로 알아차릴 수 있었다.

잘 어울리는 것 같니?
역시~
안목이 대단하십니다.
부인.
이번에 들어온
최상급 에메랄드입니다.
가격만 해도…

아름답습니다.
하지만 어머니의 고결한 손을 돋보이게 하기엔 그 빛이 턱없이 부족해 보이네요.
그가 어떠한 보석보다 아름답고 고귀한 빛과 같은 존재라는 것을…

끙…
그래? 그럼 어떤 것이 좋을까?

황약

저 소녀 앞에 있는 다이아.
그게 좋겠어요.
아… 안됩니다.
그것은 이미…
그럴 것 없어요.

그녀라면
흔쾌히 양보하죠.
물론 값은 그대로
내가 지불하는 것으로
하고…

배… 백작 부인…
선물로는 부족하겠지만…
내 마음이니 받아둬요.
그보다
눈이 높은 아이네요.
수려한 외모만큼이나…

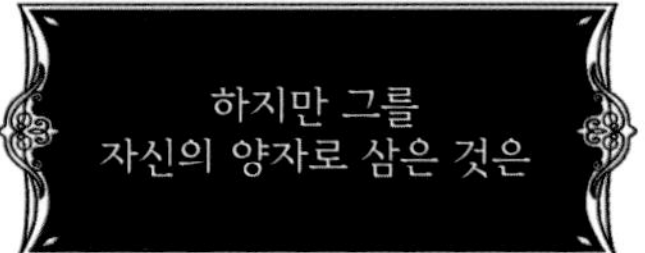

애틋한 모성애에서
비롯된 것이 아닌

불행히도
오롯이 그것을 소유하고 싶은
그녀의 비뚤어진 욕망 때문이었다.
좌악

울부짖어야지.
뭐 하는 거야?
살려달라고
애원해야 하는 거야.
아제프.
휘
익

그렇게 소년은
짝
아
악
…

이런 못된 녀석…
훗…
오늘은 몹시도
이 엄마를 화나게 하는구나.
더럽고 추악한
그녀의 쾌락을 위한
도구가 되어
스
윽
끄아아아아아아아!!
치이익
또다시 폭력으로 점철된
얼룩진 어둠 속으로
떨어져야만 했다.

오오, 아제프.
이제야 그리
가여운 얼굴로 우는구나.

사랑하는 나의 아들.
그런 표정은
날 너무나 황홀하게 만들지.
엄마는
언제나 널 사랑한단다.

너도 그렇지?
자.
어서 대답하렴.
짝!!
잘못했어요!!
촥!!
…사랑해요…!
저도 사랑해요.
엄마…
아아악

어둠에 갇혀
뜯겨나간 살점에
피어나는 고통으로

잠을 이루지 못하는
깊은 밤이 지나는 동안

엄…마…
아제프는 그럼에도 불구하고…
살고 싶다는 생각을 했다.

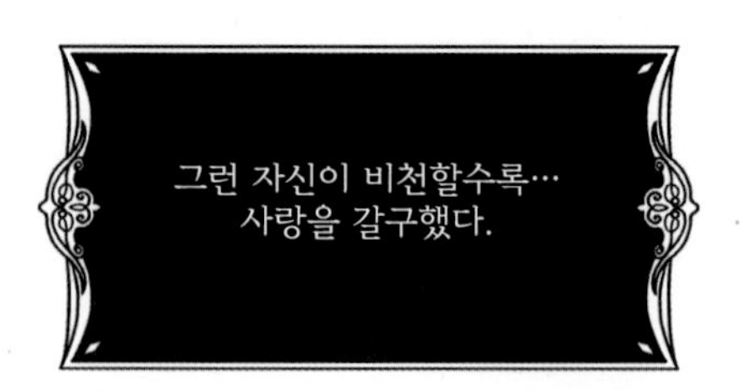

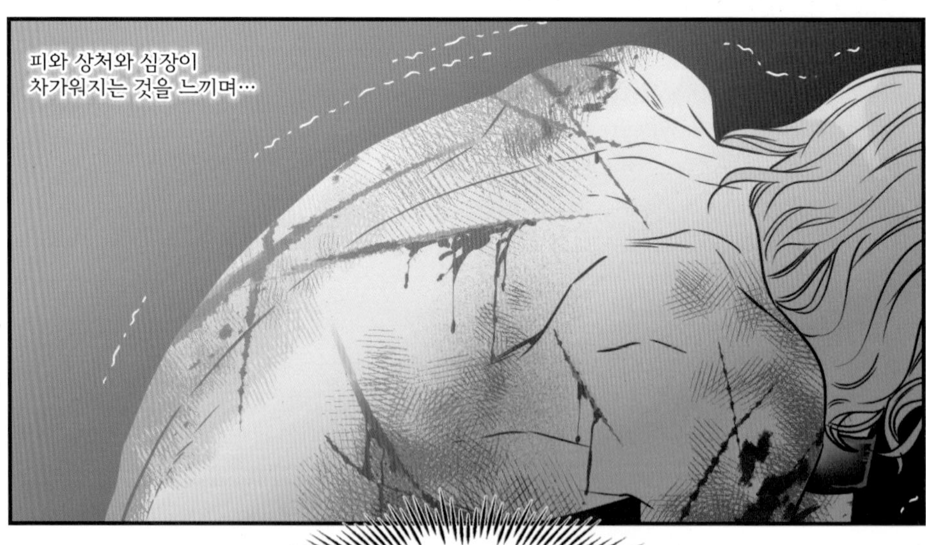

엄마…

그는
체념이라는 것을 배워나갔다.

저벅
저벅
다시는 누구에게도
애원하지 않겠다고…

어서 오렴.
사랑하는 나의 아들.
울지 않고 믿지 않으며
기대지 않겠다고…
오늘 밤은 정말로…

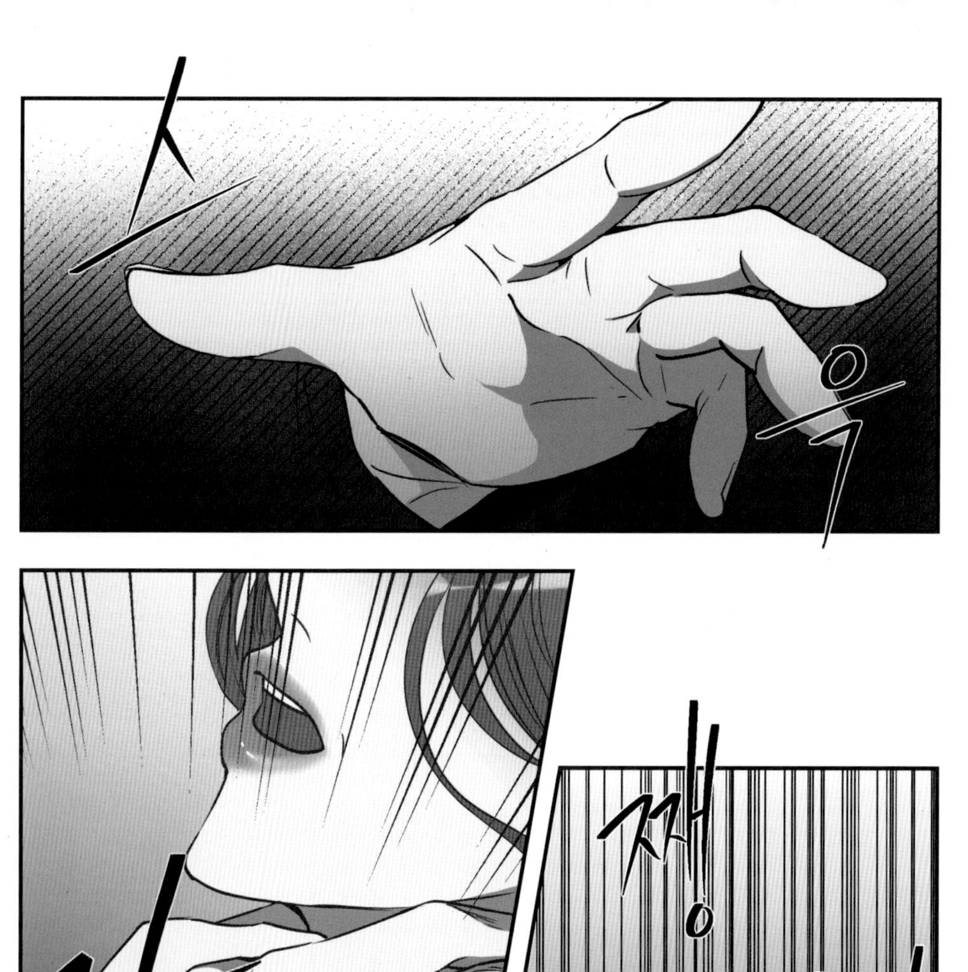
스윽
콰앙

쨍
그랑

그리 결심한 그가
자신의 의지를 담아 행한 첫 살인.

아름답네요.
어머니의 말씀대로
죽기 전 발버둥 치며
괴로워하는 그 모습이…
프리멧사의
축복이 함께하길…

죄악감 따위는 없었다.

사랑을 갈구하며 울던 소년은
그렇게 악역이 되었다.

툭
소설일 뿐인데…
그런데…
난 왜 이토록
눈물이 나는 거지…?

우연히 서점에 들러 보게 된 그 책을 보고

알 수 없는 설렘과 긴장감이 든 것은
단순히 책의 내용 때문만이 아니었다.
아제프,
어서…

엄마에게
사랑한다고 말해야지.
…사랑해요.
엄마.
사랑해요…
쪽…
그래.
나도 널 사랑한단다.

꾸우욱...
끄아아악

벌
떡
또 꿈에 나왔어.
헉
헉…
내가 너무
몰입해서 읽었나…?

비운의 소년은 그렇게 1년 동안이나
처절한 음색으로 내 꿈을 찾아왔다.

쏴아아

왜 자꾸
나타나는 거야…?
넌 그저 책 속의
존재일 뿐인데…
꿈속의 허상이잖아.
어차피 내 목소리는
듣지도 못하면서…
왜 자꾸
내 꿈속에 나타나서
날 괴롭히는데…?

엘리사…
덜
덜
바보.
그만 돌아가.
덜

나의 목소리가
그에게 닿을 리 없었다.
비
틀
아무리 기다려도
그녀는 돌아오지 않아.

털
썩
왜 늘 혼자인 거야?
이렇게 추위에 떨면서
뭐 하러 그녀를
계속 기다리는 거야?!
쏴아아…
투둑
바보같이…
툭

나의 온기가
그에게 전해질 리 없었다.

손길을 혐오하고
감정을 의심하는
표정 없는 악역이 되어버렸다.

그저 책 속의 다른 주인공들을
빛나게 할 뿐인…
비참하고 끔찍한 결말만이 기다리는 악역.

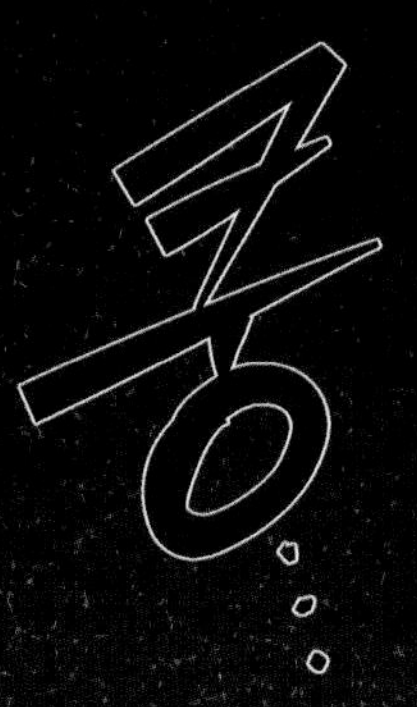

그런 그를 떠올리면
자꾸만 가슴이 미어져

난 그 후로
책 보는 것을 그만두었지만…

드
륵
1년 만에 용기를 내어
다시 책을 편 것은
어쩌면
나의 큰 실수였다.

제발… 떠나지 말아요.
엘리사.
저는 이제 너무 지쳤어요.

고독한 시간 속에서
그가 유일하게 사랑하게 된 그녀.
휙
미안해요.
아제프…
여주인공 엘리사 티아세.
당신에게도
좋은 사람이 나타날 거예요.
하지만 전 아니에요.

전
알체스테의 사람인걸요?
파
아아

흘링!
스
스스
주드득
주드득
스스

자신의 영혼을 팔아
거짓 문장을 새겼을 때…

나의 기대 역시
그의 심장과 함께
산산조각이 나버렸다.

아제프…

부들

부들

사랑의 신 프리멧사마저도
그의 영혼을 저주했으며…

굳이
이렇게까지 했어야 했나?

스윽

갈기갈기 찢긴 영혼은
악마의 손에 넘어가고 말았다.
끄
시
그의 목숨을 끊은 알체스테는
악마를 물리친 제왕으로 칭송받았고
와
아
아

와아아!
두 사람의 행복을 기원하는
사람들의 행렬이 묘사된 문장을
마지막으로
그의 운명도 끝나는 듯 보였다.

어떻게…
툭
투둑
이렇게 끝나버리면…
쏴
아
아

너의 영혼이
너무나 불쌍해서…

쏴아아
난 어떻게 해야 할지
모르겠어.

이성과 감정의 경계가 허물어지고
귓가에는 비통한 영혼의 울음소리로 가득 찼다.

도와줘…
제발
나를 구해줘.

기적이라도 일어난 것처럼…

또 그렇듯 같은 선택을 하는 아이야.

이번엔 부디
네가 원하는 대로 이루어지길…

격하게 동화되어
잠 못 이루도록 울어버린
그날의 기억을 마지막으로

그렇게…

나는 엘제이 티아세가 되었다.

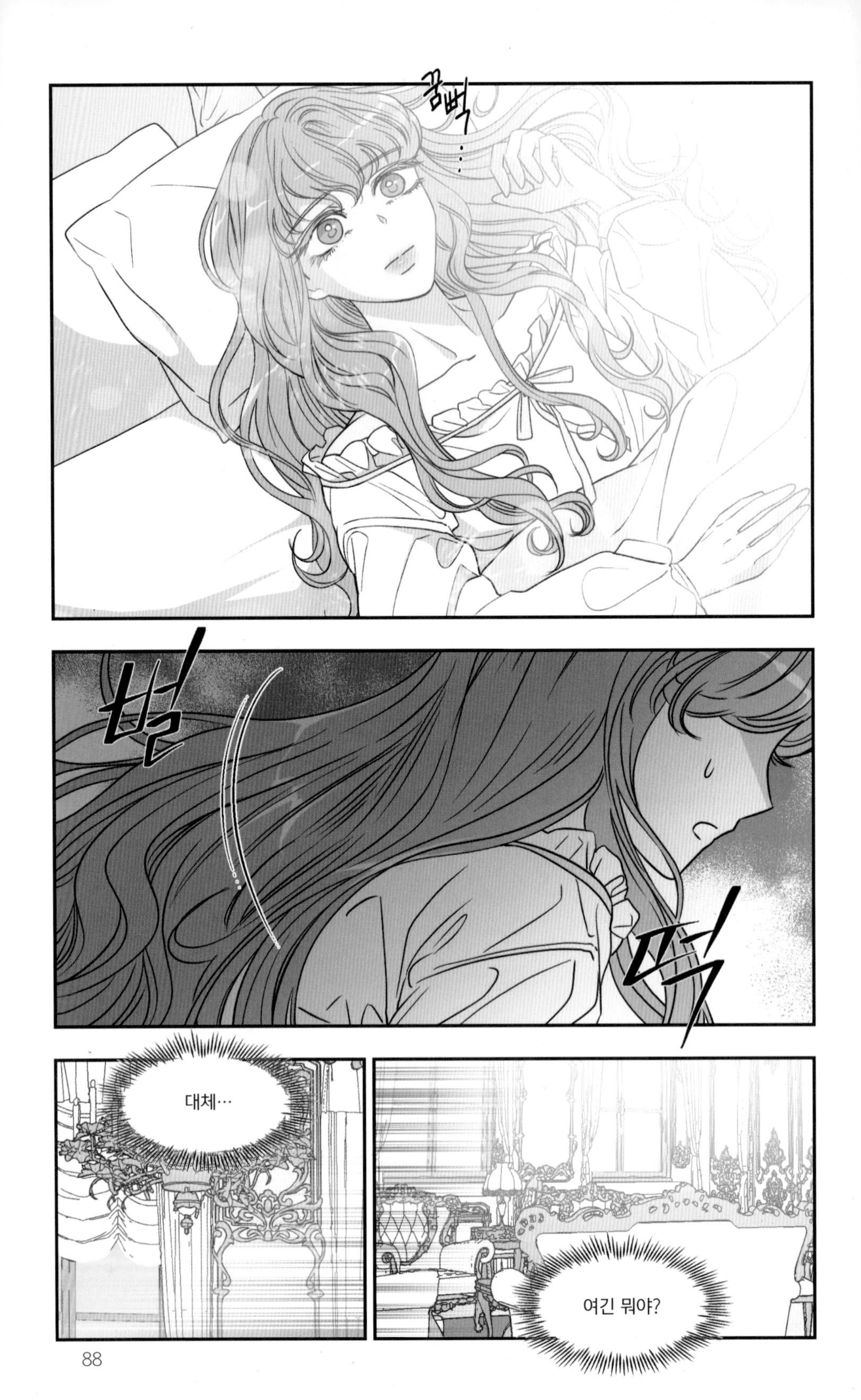
끔뻑
…
벌
떡
대체…
여긴 뭐야?

내가…
사락…

내가
엘제이 티아세라고…?

벌
컥

언니이이!!
와
락

역시 일찍 일어났네?
난 아직 졸린데…
부빗
우리 조금만 더 자자~
말도 안 돼!
이게 무슨 상황이야?
쿵
쿵
후앙
포근한 냄새…

하지만 어제까지의
모든 기억이 그대로인데…
이건 꿈도 아니고…

엘리사…?
왜애~
잔소리라면 하지 마.
세라가 엄청 재촉하는 덕에
늦잠 잘 수 없었단 말이야.

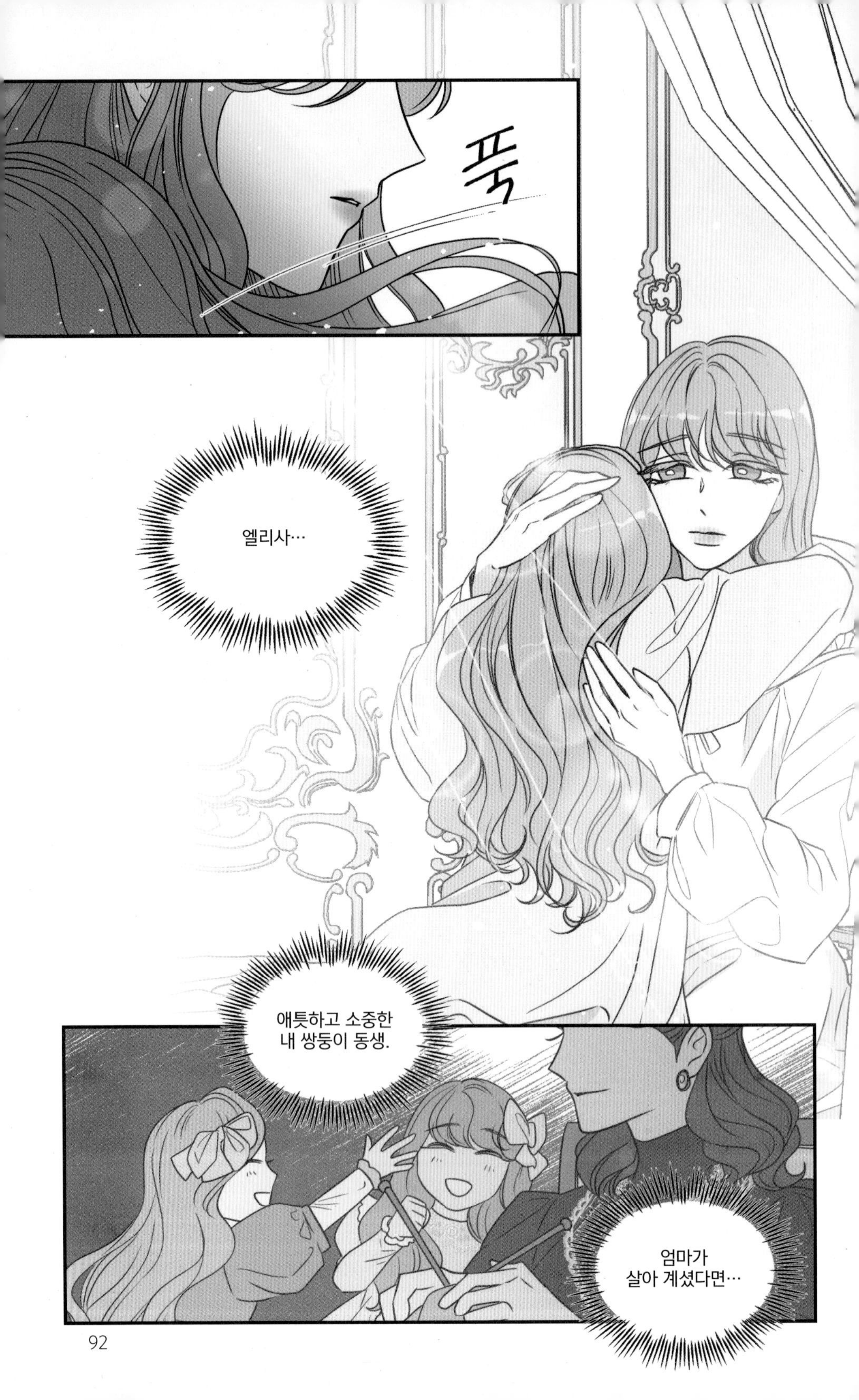
폭
엘리사…
애틋하고 소중한
내 쌍둥이 동생.
엄마가
살아 계셨다면…

내게 이런 어리광도
부리지 않았겠지?
꼬집
그렇지만 어째서…?
엘제이 티아세의
기억마저 또렷한 거지?
마치 처음부터
두 사람의 인생을
살았던 것처럼…

아파앙~
하지 마아아앙~
팟

전
알체스테의 사람인걸요?
신의 문장…

맞아. 책 속에선
엘리사의 언니는
존재하지 않았는데…
여긴 꿈속인가?
아니면 책 속…?
애초부터
내가 존재하긴 했던 걸까?
책을 보던 나는?

아아… 대체 나에게
무슨 일이 일어난 거지?

파아아…
파
아아

언니이이이!!
벌떡
부스스…
왜?
왜 그래.
무슨 일이야?
나도 모르게
다시 잠들어버렸어.

여긴 그대로네…
꿈이 아니었나 봐.
나 돌아갈 수
있긴 한 걸까?

리사?
왜 그래?
그 표정…
꼭 귀신이라도 본 것처럼…

화
꺄아앗!
리사!!
악
언니 가슴에
문장이 생겼어!
우와아아~
진짜 신기하다.
뭐? 무슨 짓이야?
넌 왜 그리 조심성이 없어!!
언니가 그렇게
주의를 줘도…
쭈섬
쭈섬
어째… 익숙하다.
이 말투…
처음 보는 거니까
그렇지…
뭘 나한테까지
부끄러워하고 그래?

그런데 문장이라니…
대체 언제 생긴 거지?

탁
참. 아버지께도
말씀드려야겠다.
엄청 좋아하실 거야!!
아버지?
타
다
닥
잠깐… 리사…
기다려!!

아버지라면…

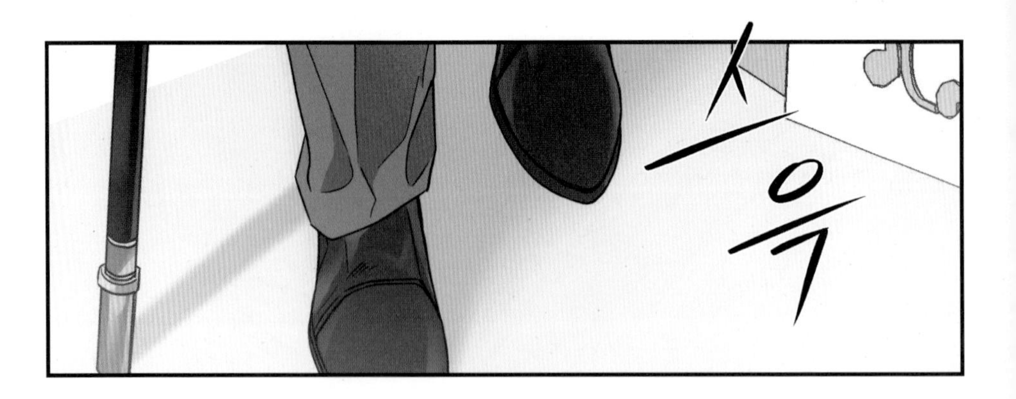
스윽

그게 무슨 말이냐, 문장이 생겼다니?

그의 어린 시절 희망을
모조리 삼켜버린 화마는

축하한다.
나의 사랑스러운 딸.
꼬옥
어머니가 살아 있었다면
더 좋은 말을 해줬을 텐데…
말주변이 없어서
미안하구나.
아버지…
하지만
내겐 따뜻하고 소중한 사람.

진짜죠? 아버지.
제 말이 맞죠?
이제 우리 파티라도
열어야 하지 않을까요?
아제프…
당신의 인생을
망친 주범이
당신이
유일하게 사랑하는 여자의
아버지란 사실을 알고
그토록 괴로워했는데…
나… 역시 그의 딸로
살아가게 됐어요.
어쩌죠?

어쩌다니…
뭘 그리 걱정하는 게야.
네 반려는
내가 무슨 수를 써서라도
찾아줄 테니 불안해하지 말거라.
알겠니?
텁

신의 문장.

이 세계에선
운명의 상대를 지닌
남녀 모두에게 나타나는,
신이 선사한 증표.

그 상대가 누구이건 상관없이
같은 문장을 지닌 운명의 사랑은
반드시 이루어진다.

네 문장이 발현하였으니
네 반려도 문장이 생겼을 터,

그래.
어서 신전에 연락을 해두어야겠다.

신전이요?

언제든
초록빛 문장을 가진 자가
나타나면 알 수 있게 말이다.

아… 안 돼요.
싫어요.
왜 그러니?
혹시라도
아제프의 귀에
들어가면…

아빠는 눈치도 참~
그렇게 공개적으로
배우자를 찾는 게 어디 있어요?
나 같아도 창피해서
싫을 것 같아.
이… 이런.
내가 생각이
짧았구나.
아가야…
그럼 아비가 몰래
알아봐주마.
네가 원한다면
네 문장에 관한 어떤 소문도
돌지 않게 할 것이다.

그 혼란스러운 상황에서도
피어난 작은 기대감 때문에…

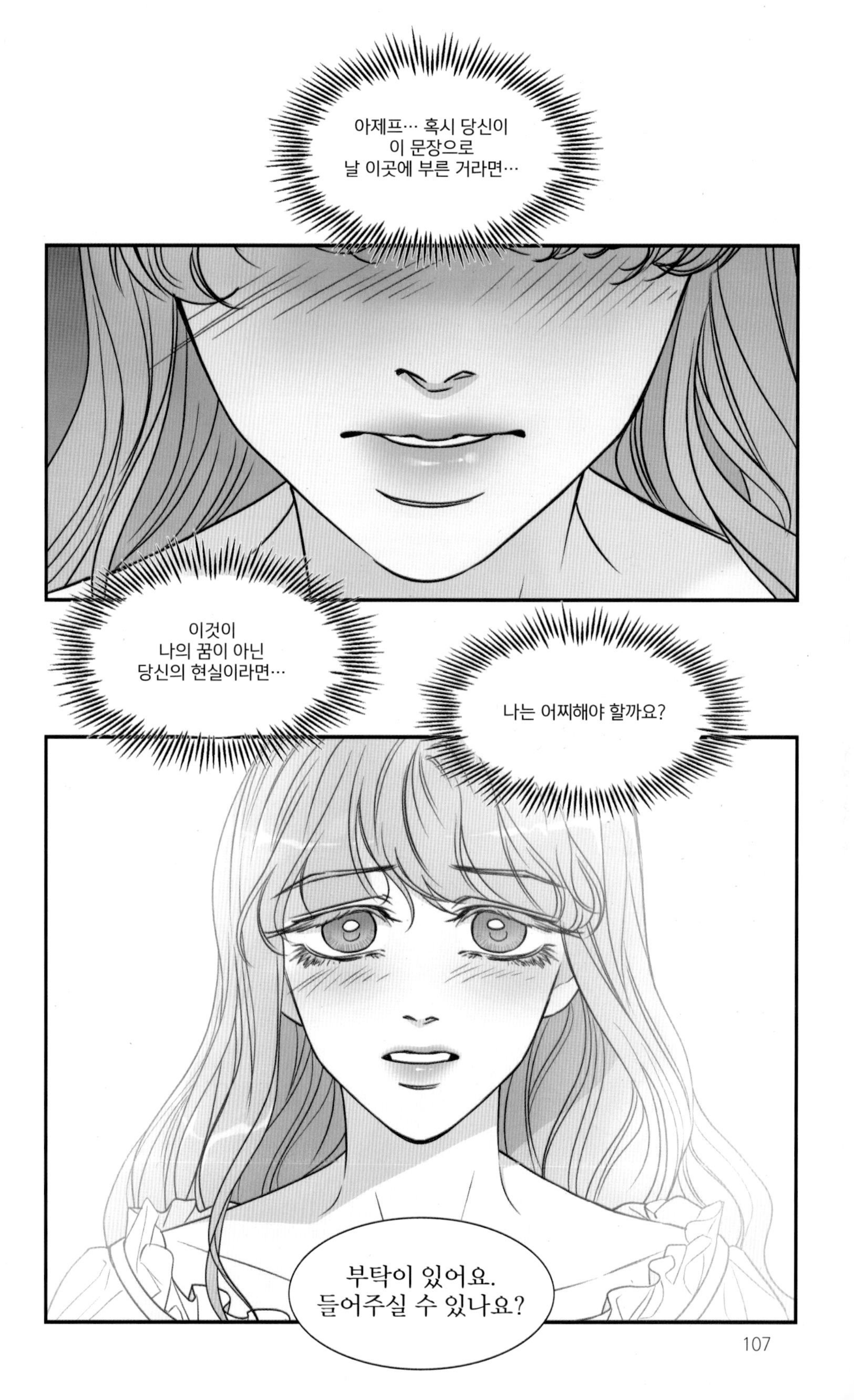
아제프… 혹시 당신이
이 문장으로
날 이곳에 부른 거라면…
이것이
나의 꿈이 아닌
당신의 현실이라면…
나는 어찌해야 할까요?
부탁이 있어요.
들어주실 수 있나요?

아제프?

아제프 란델 후작을
말하는 것이냐?

네…

그에게 너와
같은 문장이 있는지
알아봐달라?

끄덕

뭐야? 언니!!
란델 후작님이랑
아는 사이였어?
깨~
언제부터?
둘이 언제
만났었는데~?
어쩜 나한테는
한 마디도 없이…
네가 그를
마음에 두고 있는지는
전혀 몰랐구나.
스윽

알겠다.
꼬옥
이 아비가
언제 너의 청을
거절한 적이 있더냐?

누구도 모르게
신속히 알아볼 테니…
넌 아무 걱정 말고
기다리고 있거라.

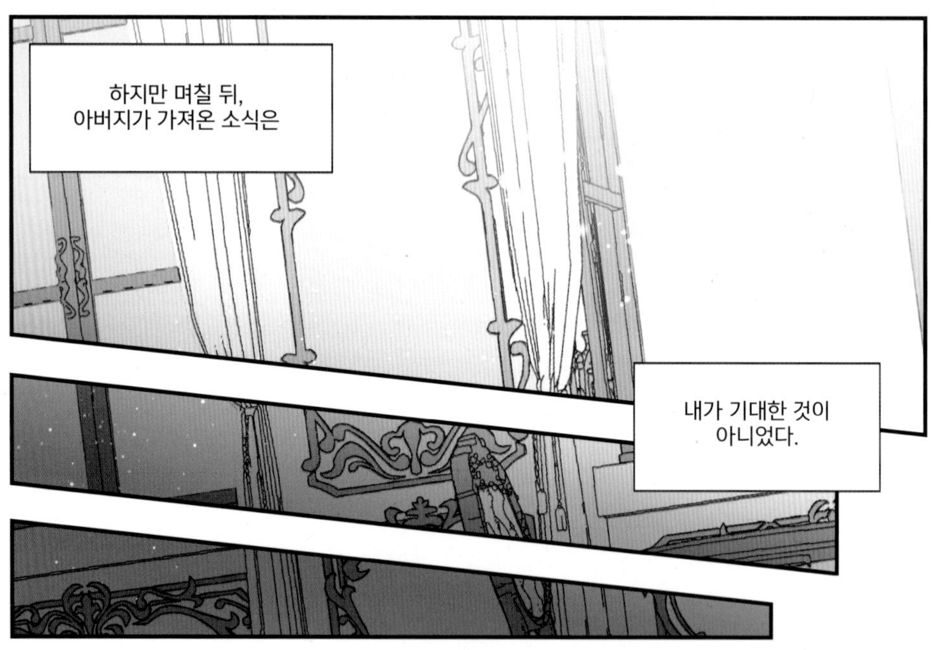
하지만 며칠 뒤,
아버지가 가져온 소식은
내가 기대한 것이
아니었다.

제이야,

혹시나 하는 마음에
여러 경로를 통해 몇 번이고
다시 알아보았다만,

결과는 똑같았단다.
꿀꺽

아제프 란델…
그는 신의 문장 보유자가
아니라고 하더구나.

쿠
웅…
아… 아니라고…?

다정한 어조로 건네는
아버지의 위로는

마치 내게
잔인한 저주처럼 들렸다.

신의 축복이라 불리는
문장의 소유자는
세상에 오직
그 둘뿐이라고 했다.

아제프…
그에게 나와 같은 문장이
발현되지 않았다면

그는 나의 짝이 아니다.
난 그의 반려가 될 수 없다.

어째서…
나를 이곳까지 오게 한 거죠?

하아
며칠째
열이 떨어지질 않네.
어쩌지?
혹시 언니의 반려가
란델 후작님이 아니라서
그런 거야?
첨벙
미리 나에게
귀띔이라도 해줬으면
좋았잖아.

아무튼 치사하게…
이 정도의
열병을 앓을 정도라니…
쭈욱

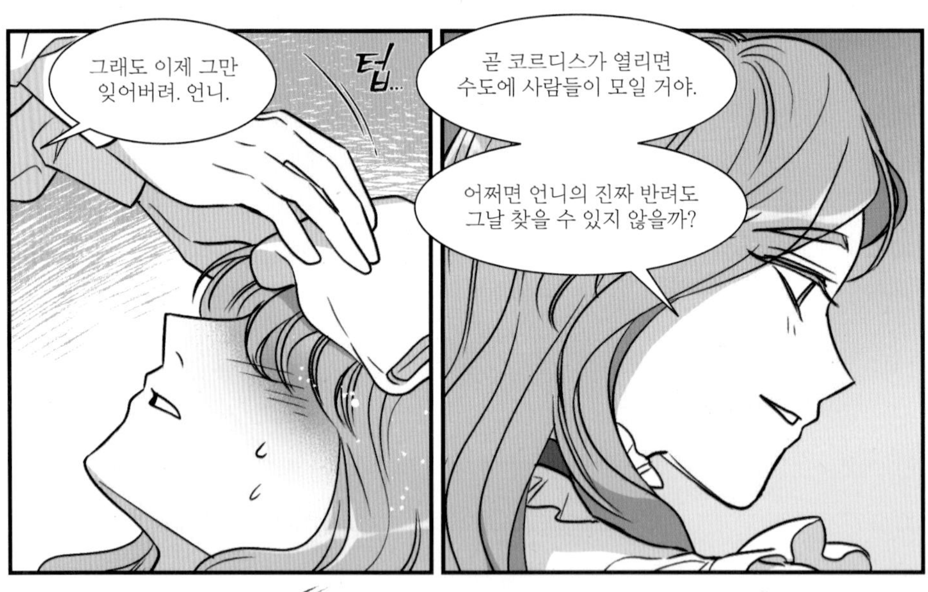
그래도 이제 그만
잊어버려. 언니.
텁…
곧 코르디스가 열리면
수도에 사람들이 모일 거야.
어쩌면 언니의 진짜 반려도
그날 찾을 수 있지 않을까?

흠칫

코르디스…

어떻게 해서라도
그날 아제프와 엘리사의
만남은 막아야 했다.

소설 속 엘리사가
열아홉 살이 되던 해.
언니!!
정말 안 갈 거야?
그러니까 이번에 열리는
코르디스에서
두 사람의 비극적인 운명이 시작된다.
오늘 같은 날씨에
집에만 있으면 다 나은 열병이
또다시 찾아올걸?
난 분명히 경고했다?
나와 같이 가지 않는 걸
후회하게 될 거라고!!
슥
엘리사는 안 돼…
아제프의 반려는
그녀가 아니야.
정말
고집불통이야!
다른 누군가…
내가 그의 반려가
아니라면…
그를 사랑해줄
누군가를 찾아야 해.

그것이 내가 이곳에서
그를 구원할 수 있는
유일한 방법일 거라 생각했다.
메이.
이 편지를 티로시 가의
세시아 티로시 양에게
전해주겠어?
네. 물론이죠.
그렇게 할게요. 아가씨.
티로시 백작가의 둘째로 태어난
활발하고 애교가 많은 사랑스러운 성격의
세시아 티로시.
분명 그녀도
소설 속에서 아제프를
흠모하던 영애 중 한 명이었어.

소설 속에 갇힌 지
어느새 2주의 시간이 흘렀다.

낯설고 이질적이지만
소름 끼칠 정도로 익숙한 곳.

단호하고 일방적인 성격이
그녀의 유일한 단점이라지만…

오늘은
그녀의 말을 듣기로 한 것이
잘한 것 같아…
끼익
하늘을 간질이는 봄바람은
이곳에 온 내게 처음으로
자유의 기분을 안겨주었다.
끼익

아제프를 향한 서글픔도…
이전 삶에 대한 향수도…
모든 것을
잠시나마 잊게 해주던
그 바람은…

부스
럭

누구?

그를 내게 인도하며 속삭였다.

아… 아제프…?

사
아

나의 문장을 지닌 아이야,
너의 운명을 사랑하렴.

아…

콜록
콜록
이런,
선객이 있었군요.

조용히 있고 싶어서
왔습니다만,
제가 실례가 되었나요?

…
저… 영애?
네, 네?
죄송합니다.
잠시
다른 생각을…
저에게 뭐라고 하셨나요?

아…
후원이 몹시
아름다워서요.
실례가 되지 않는다면
잠시 함께해도 될까요?

아, 아, 네 그럼요.
물론이죠.

친절하신 분.
감사합니다.

끼익

깊고 차가운 파란색 눈동자.

옅은 금발과 눈 밑의 점까지…

살아 있어…
정말,
정말로 그야…

아제프…

흠칫!
싱긋
제 이름을
아시는군요.
우리 혹시
만난 적이 있던가요?

아, 아니에요!
죄송합니다!
전 단지…
스윽
당신에게 조금이나마
관심을 받고 있었다니
영광입니다.
쪽
레이디
엘제이 티아세.

두근..
맞닿은 그의 손이
얼음장보다
차가워서였는지…
두근..
그가 나의 이름을
불러주어서였는지…
실재하는 그의 존재감이
가슴속을 파고들어
이내 가슴을 울렸다.
주륵..

이런,
갑자기 왜…
혹시 어디가
아픈 겁니까?
그런 거라면 지금 당장
의원을…
스윽
벌떡
아니에요!

전 괜찮아요.
눈에 뭐가 들어간
것뿐이에요.
정말
아무 일도
아니에요.
후다닥

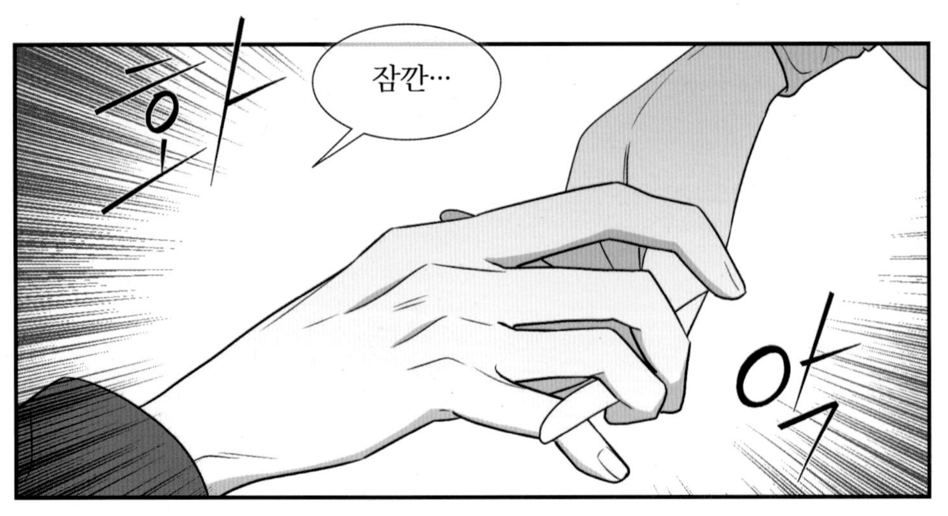
잠깐…

울고 계신 분을
그리 혼자 보낼 수는
없습니다.

사연은 모르겠지만…
말하고 싶지 않으면
하지 않으셔도 됩니다.

밝히고 싶지 않은
비밀은 누구에게나
있는 법이잖아요.

파아
아앗
아…!
움찔

꽈악
아파…
부들
…엘제이 양?
부들

혹시 문장의
보유자십니까?

아… 아니에요.
방금 그건…
서, 성력이에요!

성력?

네…
그러니까…

후우…

그래서
치료받을 때의 성력이
몸에 남았나 보군요.
그럼 혹시 심장이
좋지 않은 겁니까?
토닥
나도 모르게
말도 안 되는 거짓말을 내뱉었다.

나에겐 이미 운명의
반려가 있다는 말을
꼬덕
어찌
그에게 할 수 있을까…?

몸이 경직되어 있군요.
주물
흠칫
제 어머니께서도
심장이 좋지 않으셨습니다.
그럴 때마다 제가
이렇게 주물러드렸지요.

돌아가신 지
오래되었지만…
어머니의 미소가
지금도 기억에 생생하네요.

그러고 보니 방금
후원이 아름답다고…
당신은
꽃도 싫어하면서…
사
아
아
왜…
이런 거짓말을 하는 거지?

당신의 손,
작고 따뜻해서…
설마…

날 유혹—
무척 사랑스럽군요.

멍...

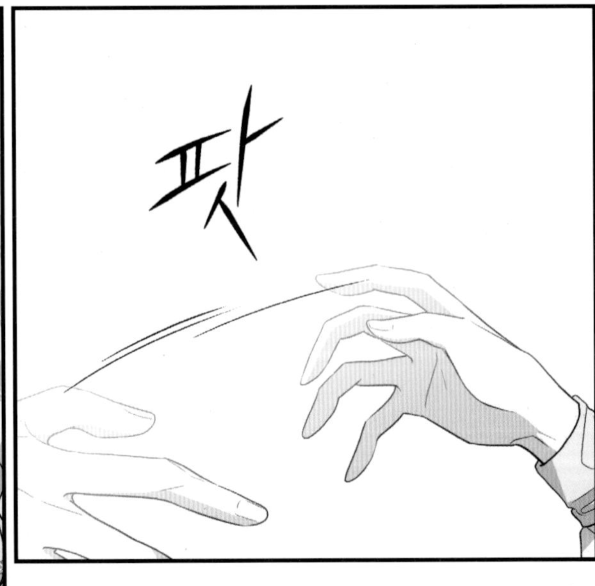
팟

엘제이 양?
미안해요.
저는 몸이 안 좋아서
이만 가봐야겠어요.
그래. 그게 좋겠어.
더 이상 있다가는…
가지 말아요.
사락!

제발…

다그닥

다그닥

끼이익...

다녀오셨습니까?
란델 후작님.
휙

뚜벅
…
뚜벅

코트는 어쩌시고
그 차림입니까?
날씨도 찬데,
그러다 감기라도 걸리면
어쩌시려고요.
뚜벅
뚜벅

이리 늦으실 줄 알았으면
제가 따라나설걸
그랬습니다.
대체 홀로
어디서 무얼 하시다가
이 시간까지…

후작님. 식사는요?
시장하시면 지금이라도
당장 준비를…

머리가 울릴 지경이니
그만 떠들어. 알모어.

툭
혼자 있고 싶다.
그게 무슨 뜻인지 알지?
조금이라도
날 귀찮게 만드는 일이
없길 바라.

알겠습니다.
그럼 편히 쉬시길…
꾸벅

텅

뭘까?
대체 그 여자는…
제가 귀찮게 했나요? 기분이 나빴다면 사과할게요.

마음에 들지 않는다.

제멋대로 나의 이름을
입에 올리더니
불쾌하다는 듯
내 손을 뿌리치기까지…

하지만
이대로 당신이 가버린다면
저는 몹시 슬플 것 같아요.
건방 떨지 마.

당신은 더 높은 직위를 얻기 위해
겪어야 할 절차일 뿐…

여의치 않는다면
그 가녀린 손목과 목을
분질러 꺾어버리면 그만이었다.

화악

왜일까?
생명을 죽이고 짓밟는 일은

내게 몹시 쉽고도
사소한 일이 아니었던가?

아… 아파요.
그만 손을…

이런…
정말 미안해요.
아프게 할 생각은
아니었는데…

따스한 당신의 손이
자꾸만 어머니를
떠올리게 해서…
놓아주어야 한다는 걸
알면서도 놓아주기가
싫었어요.

저와 말하기 싫은가요?
아니면 내가 당신의 성력을 알게 되어서?
…
아니에요. 그런 거…
전 당신이 싫거나 무서운 게 이니에요. 오히려…
오히려?

솨
아
아

그냥…
좋은 사람이라고
생각해요.
좋은 사람이라고요?
네.
당신은 좋은 사람이에요.

주르륵
왜지?

아…
이런 제가 또
주책없이…

왜 당신은 날 보며
그런 표정을 짓는 거야?

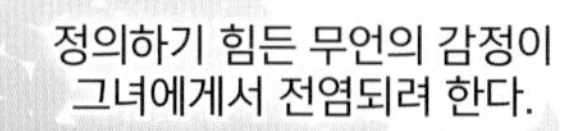
정의하기 힘든 무언의 감정이
그녀에게서 전염되려 한다.

확

펄럭
아무래도 오늘은
당신에게도 저에게도
날이 좋지 않은 것 같군요.
쌀쌀해지고 있으니
이걸 입고가요.
사락
고… 고맙습니다.

쓸데없는 짓을
해버렸다.

내가
그녀를 걱정이라도
했던 걸까?
그럼…
다음에 부디 더 많은
대화를 나눌 수 있기를…

다… 다음에…

다시 만날 때…
이 코트는
꼭 깨끗이 세탁해서
돌려드릴게요.

픗..
그래요.
제게 너무나 소중한 옷이랍니다.
싱긋
꼭 그리해주세요.

스
으읍
기분 나빠…
우우우

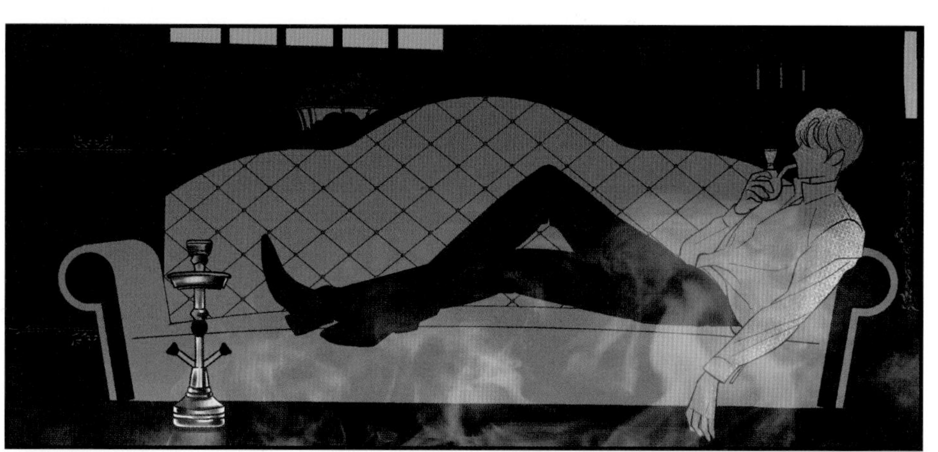

꿈틀
빌어먹을…
또다시 악몽의 밤이로군.

미쳤어…

싫다고
그냥 돌아왔어야지…
옷까지 받아 입고는…
따스한 당신의 손이
자꾸만 어머니를
떠올리게 해서…
놓아주어야 한다는 걸
알면서도 놓아주기가
싫었어요.

거짓말…

당신은 내게
온통 거짓말만
늘어놓았지만…
싫지 않아.
꼬옥

조금만 더
당신과 있으면
안 될까?

조금만 더

더 이상
그를 만나는 건…
그래요.
당신을 저희 저택에
초대하죠.
란델 가문의 저택은
꽤 아름답답니다.
당신에게 보여주고
싶군요.
그 옷을
돌려주기 위해서라도
꼭 한 번 와주십시오.

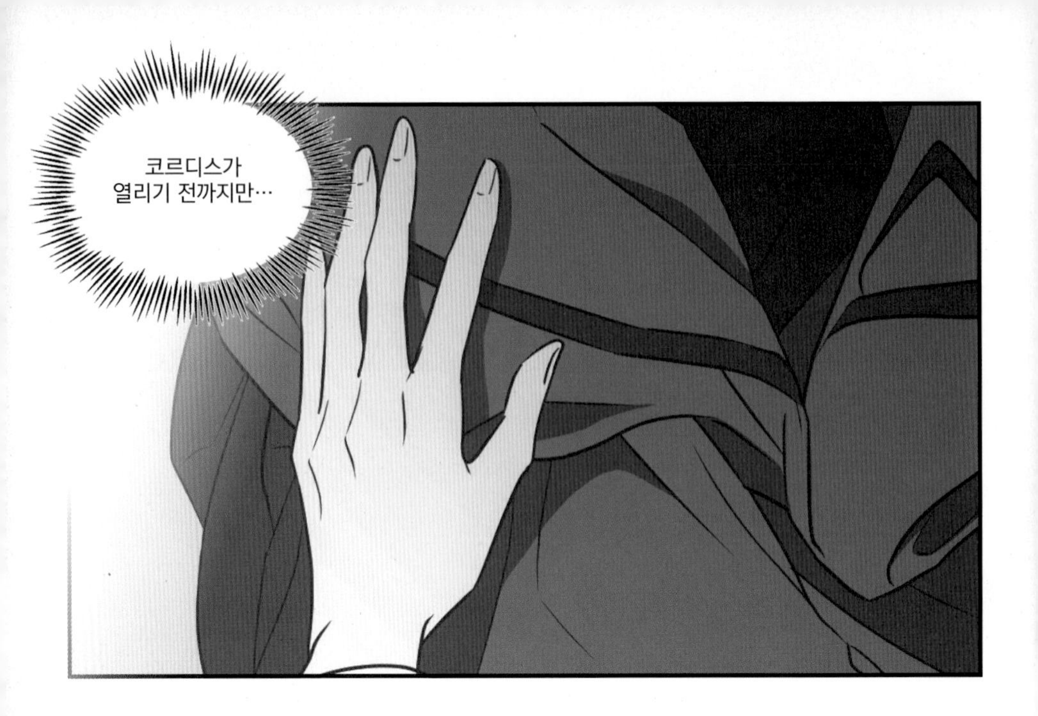

그래.
그때까지만…

콰
너… 지금 무슨…
앙
끄으읏
끅! 감히…
끄으
…아아…!
누… 누가 좀…
바들
바들
누구도 오지 않아요.
흘끔

이 방에서 비명이 들리는 건
흔한 일이었으니까…
꺄
아
악
꺼득
꺼득
파들
파들

화악
파르르
그 눈은 마치
날 저주하는 것 같아.
그 손은
날 할퀴고 상처 입혔지.
슥
푸욱

좌
악

하아

그래. 이렇게 갈기갈기 찢긴 모습이야말로 당신다워.

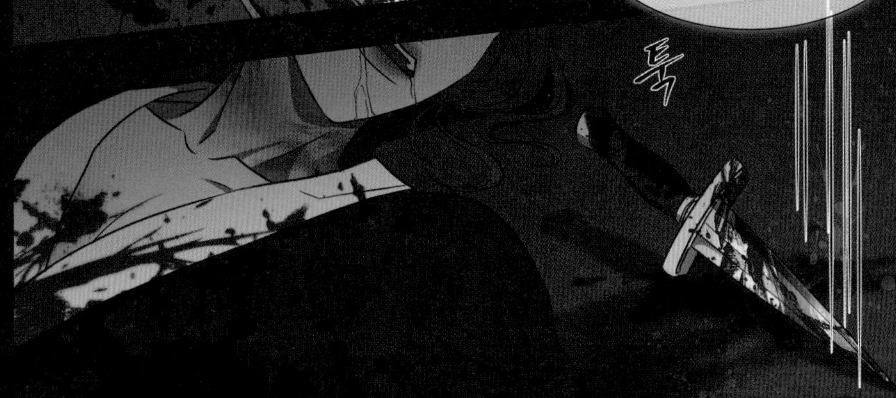

외로울지 모르니
당신의 수족들도 함께…
하
하
하

안 돼!!

잊고 있었어.
어떻게 잊고 있을 수 있지?
하아..
하아..!

벌컥

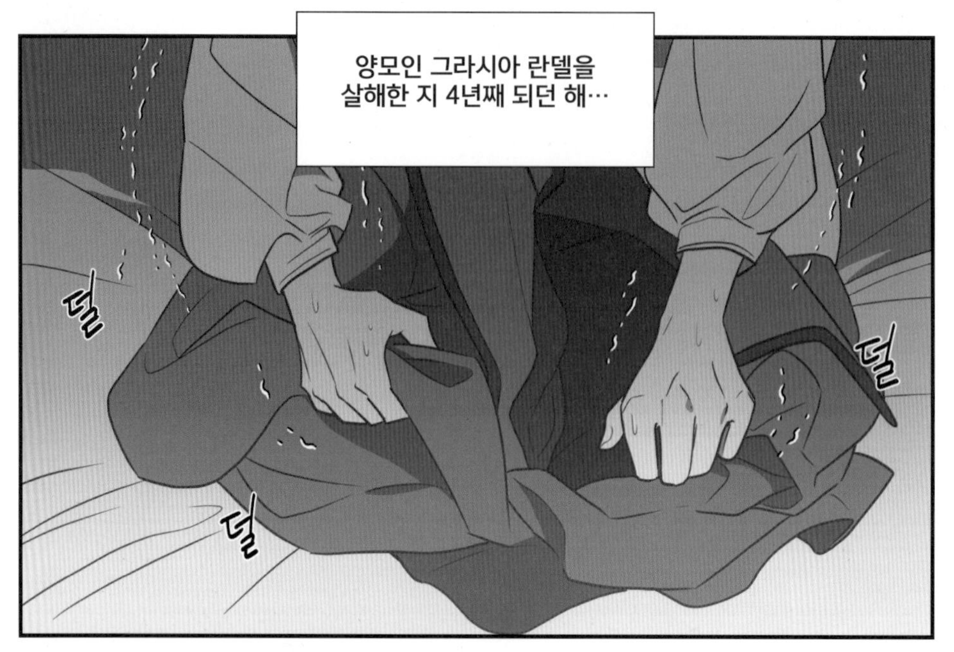
양모인 그라시아 란델을
살해한 지 4년째 되던 해…
덜
덜
덜

바로 오늘은
그의 파멸이 시작되는,
또 다른 살육을 벌이게 되는
밤이었다.
타
ㅅ

말려야 해.
어떻게 해서라도…

아가씨!!
시아… 마차를 준비해줘.
서둘러 란델 가에 가야겠어.
네?
지금 이 시간에요?
응. 지금 당장.

투타닥

물론 무슨 사정이
있으신 거겠죠?
이랴!
타
다
다
걱정 말아요.
전 어떤 일이 있더라도
아가씨 편이니까.

아가씨가
원하는 일이라면
전 어떤 일이라도
도울 겁니다.
하지만…

아무리 생각해도
이건 아닌 것 같아요!!
자칫 이상하게
소문이라도 퍼지면…
와악-
서둘러야 해…
제발.

내가 당신의 운명을
바꿀 수 있기를…

돌아가주십시오.
오늘은 후작님께서
아무도 만나지 않는 날입니다.
더군다나 이런 새벽에…
꼭 그를 만나야 해.
팟

공녀님.
이러시면 안 됩니다.
그렇지 않아도
후작님의 심기가 몹시
불편하니…
스윽

척!
움찔

지금 그 불편한 손을
공녀님께 대려는 건
아니시겠죠?
아… 이런…
제가 어찌…

탁
탁
탁
타다스-…

혹여 내가
다치더라도…
죽더라도…
오늘만은 당신을 막겠어요.
아제프…

타다
다—!
터
엉

스와아아
화악
?!
콜록
콜록
콕
…
미쳤어?
들어오지 말라고 했잖아…
알모어!
화악

와장
창
꺄아악!!
털
후두둑
썩

스윽…
정말…
죽고 싶나?

덜
덜덜
덜

…
멈칫

…영애?
이… 이게 무슨?

여기는
어떻게 오신 겁니까?
이 밤중에
혼자 여길 찾아오다니
대체 무슨 생각으로…

덜덜
덜

저택에 초대해
주셨잖아요…
주섬

옷 돌려주러 오라고
분명히…
스윽

어질

확
!!
앗
영애! 정신 차려요.
더듬
더듬
꽈악
…같이 있어줘요.

어디도 가지 말고…
저랑 같이…

대체 뭐야? 이 여자.
하아...
낮에는 그리도
정순한 척을 하더니
다짜고짜 찾아와서는
이렇게 대놓고
유혹을 하는 건가?

흘끔

사아아...
일단 여기서
나가는 게 좋겠어요.

화악

안 돼, 아제프.
버둥

안 돼요…
나가지 말아요.
버둥
…그냥 여기 있어요.
버둥

제발 가지 마…
제발…
으흐 흑…

풀썩
스윽
탁

가지… 말아요…
아제프…
창문만 열고 다시 돌아올 겁니다.
슥…
가지 마… 가지 마세요. 제발…
지금 당신이 마시고 있는 연기는 아텐이에요.
자칫 중독이라도 된다면…

제발… 가지 마요.

후…
당신 지금 제정신이 아니야.
나도 그렇고…
아제프…
가지 마. 제발…

무슨 일인지는 몰라도
이 새벽에 찾아온 것은
분명 공녀님의 실수입니다.

알고 있어요.
자칫 소문이라도 나면
평판이 깎이는 건
우리 아가씨일 테니…

우
두둑
그러니 더더욱
그런 말이 새어 나가지 않도록
조심하는 게 좋을 겁니다.

꼭 그것 때문만이
아니에요.
후작님께서는…
매년 오늘이면 지나칠 정도로
예민하고 냉소적인 성격으로
변하신단 말입니다.
긁적

방에서 잘
나오시지도 않거니와
불쾌감에 찌든 얼굴로,
하루를 꼬박
아텐에 취해 보내시곤
하셨죠.

하필이면
이런 날…
당장 문 열어요.
자칫 아가씨께
무슨 일이라도 생기면…

알모어!!

벌
후다닥
네!
후작님.
컥

에…
엘제이 아가씨!!
타앗
찌릿
움찔

스윽
공녀님은 내가 돌볼 테니
넌 이걸 가지고 티아세 가에
전하거라.

알모어!
쳐다보고만 있지 말고
당장 창문 열고
의원을 불러와.

그리고…

공녀께서
이곳에 있다는 소문이
흘러나가지 않도록 모두에게
입단속 단단히 시켜라.

네… 넷!
알겠습니다.
…

사락

슥
이상하군…
알 수가 없어.
당신… 대체 뭐지?

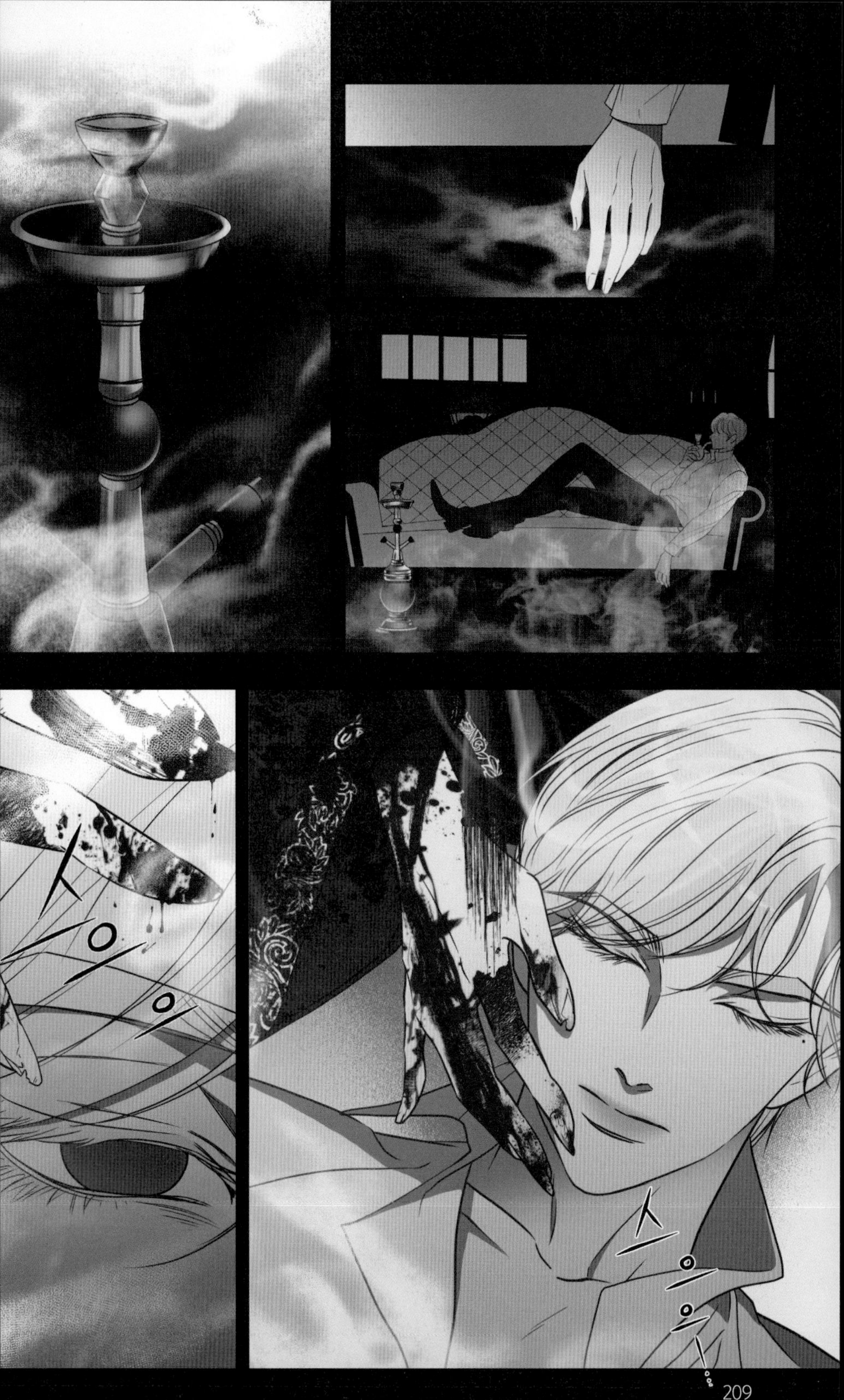

스이이
스이이이…

아무것도 변하지 않아.
넌 영원히 외로울 거야.
너처럼 더럽고 천박한 걸
사랑해줄 사람은 없을 테니까…

평생 지금과 같은 고독 속에서
고통받으며 죽게 될 거야.
사랑하는 아들아.
그리 되도록 내가 저주해주마.
꽈
아악!
스으읍
후우우우
기분 나빠…

후… 후작님…?
괜찮으십니까?
벌
컥
벌레보다 더럽고 흉악한 악귀보다
극악한 인생을 살도록
내가 기꺼이 저주해줄게.
깔깔
깔깔깔깔깔~!
깔
깔

털
썩

주룩!!
비틀
비틀
지끈
원하는 대로 해.
그라시아.
스윽

사랑 따위… 원한 적 없어.
어차피 시궁창을 뒹굴던 몸.
저벅
저벅
비틀
이제 와 누군가에게
사랑받는다고
깨끗해질 리 없지.
비틀
그래.
당신 말이 맞아.
끼득
아무것도 변하지 않아.

벌컥

아무것도…

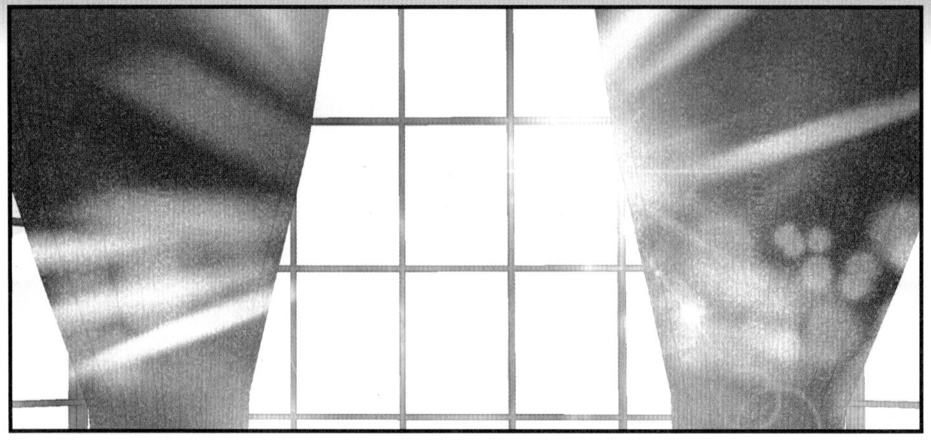

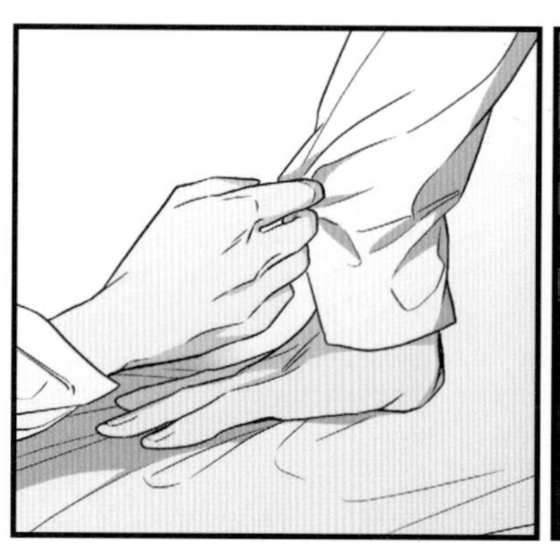

부르르

흥. 태평하게
꿈이라도 꾸고 있는 건가?

울
컥

안 돼… 그러지 마…
아제프. 제발…
흐으윽…!
엘제이!
흔들

아제프…

욱
젠장… 또 저 표정이군.
대체 왜 이런…

천천히 마셔요.
기분이 좀 나아질 겁니다.
스윽

꿈… 다행히 꿈이었어.
찰방…

아침이 밝았고…
그는 나가지 않았어.

그는 아무도 죽이지 않았어…

후우
울컥
다행이다…
다행이야…
스윽
아… 죄송해요.
란델 경.

…

저벅
저벅
조금 전까진 편하다는 듯 이름을 불러대더니 이제와 존칭이라…

정말 제멋대로인 여자군.
툭
흔들

어쩌지. 역시… 화난 게 틀림없어.

어제는 불쑥 찾아와서 많이 놀라셨겠죠? 정말 죄송해요.

어제가 아니라 오늘 새벽이었죠.

휙
움찔
말해봐요.
내게 원하는 게 뭡니까?

…
전… 그저…
휙
탁
스
풀
썩
꺄아악…!
똑바로 내 눈을 보고 얘기해요.
내게 원하는 게 뭐죠?

후
어… 없어요.
그런 거…

새벽에 기사 하나 없이
무턱대고 잠옷 차림으로
찾아와서는
스
밤새 같이 있어달라고
울며 안겼으면서…
원하는 게 없다?
윽

솔직히 말해봐요.
움찔
두근

그대가
진정 원하는 게 뭔가요?
두근..
…전…
전 그저…
옷을 돌려드리려고…

오해가 있었다면…
정말 죄송해요.

…
그랬군요.
미안합니다, 영애.
…?
살짝
저의
괴로운 감정 때문에
엉뚱한 화풀이를
하고 말았군요.

사실…
오늘이 어머니의
기일입니다.

영애도 알다시피…
어머니의 죽음은 그리
평범하지 않았어요.

그리고 전 아직도
그 끔찍하고 고통스러운 기억을
떨쳐내지 못했죠.

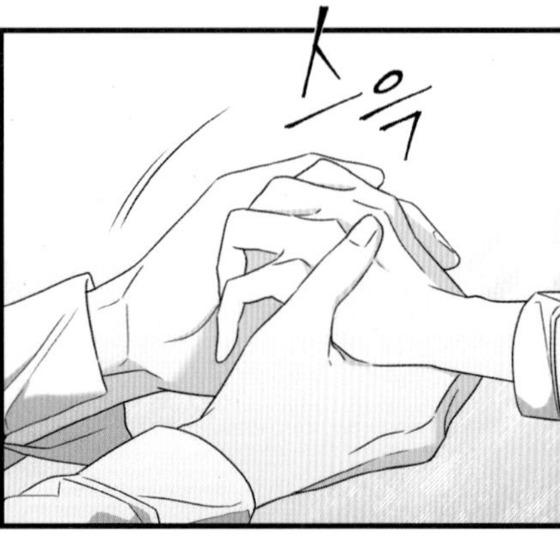
스윽

거짓말…
괴로운 마음에…
옳지 못하다는 걸 알면서도
아텐에 의존하며
애써 버티곤 했답니다.
하지만
그런 사실이 새어 나가면
이유와는 상관없이
전 손가락질을 받겠지요.

스윽
그러니…

부디 영애가 본 것을
비밀로 해주시겠습니까?

그의 말이
사실이 아니란 것쯤은
알고 있어.

하지만…

거절을 못 하겠어…

고마워요 엘제이.
포옥-
...
스
윽

오싹
그래… 역시 이 여자.
날 좋아하고 있군.

사락
아아… 정말 따뜻해.
엘제이. 당신의 온기는
마치 봄 같아요.

…
파들
그래…
당신은 정말 봄이군요.
엘제이.

부족한 것들을
채워주는 계절.
나의 봄…
엘제이 티아세…
스륵
투욱

똑똑!

휙
뭐야?
끼익

공녀님께서 드실 약을 좀 챙겨 왔습니다.

알모어…

원래대로라면 가장 먼저
살해됐어야 할 남자.
아직 살아 있어.
다행이야.

후작님…
식사는 어떻게…
그런 건
적당히 알아서
준비하면 되잖아.
사
아
아-

핫
…

휙
그래도
아직 안심해선
안 되는 거겠지?

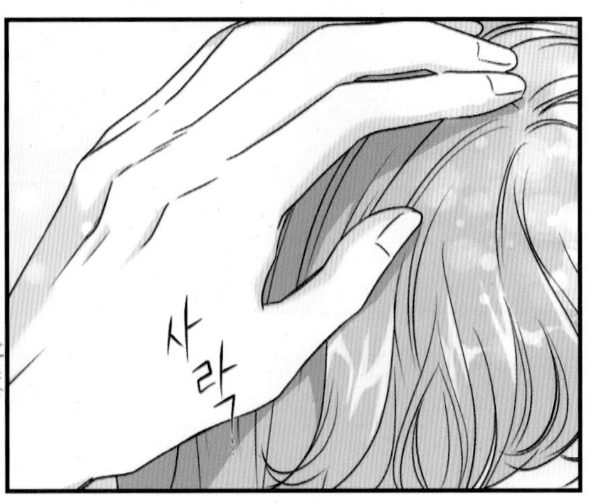
사락

의원이 두고 간 약을
먹으려면 식사를 하는 게
좋을 듯한데, 어때요?

속이 안 좋을 테니
부드러운 미음 종류로
준비할게요. 괜찮죠?
…네.
저는 괜찮아요.

슥

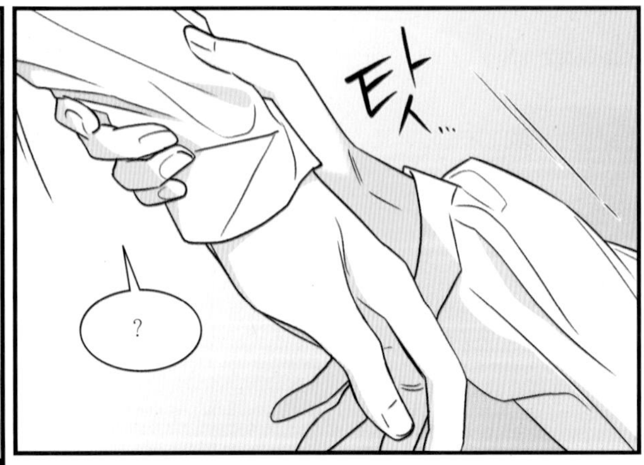
탁…
?

왜요?
먹고 싶은 게
생각났어요?
머뭇..
스윽
이야기해요.
뭐든 들어줄 테니.

우물 쭈물

아제프는 제 곁에 있어줘요.
멀리 가지 말아요.

싱긋...

당신이 정한
멀리의 기준이 뭔가요?
전 이제
이 방을 벗어날 수
없는 건가요?

그런 게 아니라…
화끈

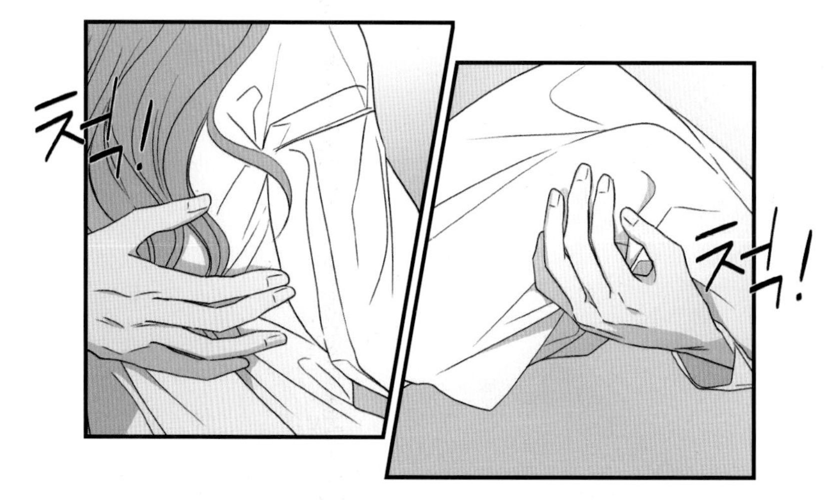
척!
척!

좋아요.
그럼…
번쩍!
@#?%!?!
지… 지금 뭐 하는
거예요?!
씻으러 갈까요?
!!!

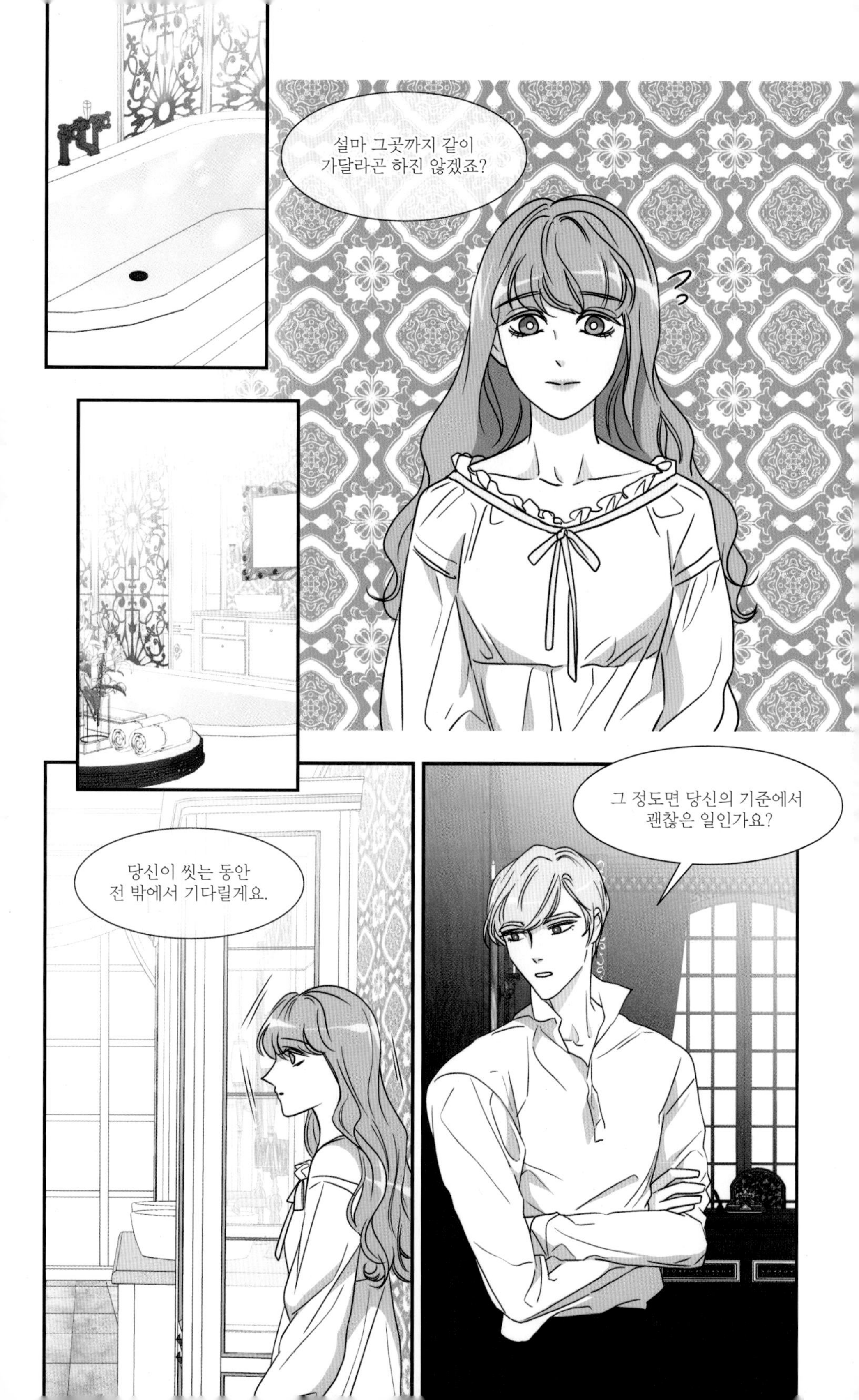
설마 그곳까지 같이
가달라곤 하진 않겠죠?
당신이 씻는 동안
전 밖에서 기다릴게요.
그 정도면 당신의 기준에서
괜찮은 일인가요?

알모어.
시녀들을 불러와.

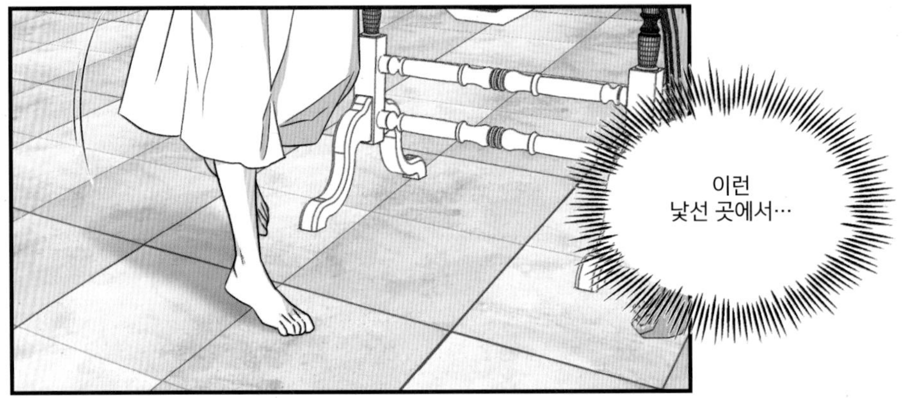
이런
낯선 곳에서…

알지도 못하는
사람들에게 씻겨달라고
하라니 말도 안 돼…

잠깐…
그건 위험하잖아.

아제프. 시… 시아는요?
그러니까 제가 데려온 시녀 말이에요.
전 시아가 아니면 불편해서…

같이 왔던 시녀라면
제가 어젯밤 돌려보냈어요.
쿵…

걱정 말아요.
이곳 시녀들도 시중하는 데
부족함은 없을 테니…
그럼 그냥
저 혼자 할게요.

…??

혹시 이곳에 온 일이
새어 나갈까 봐 그래요?
괜찮아요.
모두 입이 무거운 아이들이니…
아니에요. 그런 게…
부… 부끄러워서 그래요.
낯선 이들과는…

…

흠.
스
정 그러시다면 그렇게 해요.
그럼 시녀들에게 방문 앞을 지키게
할 테니 혹시라도 불편한
일이 생기면 부르도록 해요.
아제프…!
멈칫

저… 그러니까…
멀리는 가지 마시고
거기서 기다려주시면…!
여기서요?

파아…
첨벙
후우…

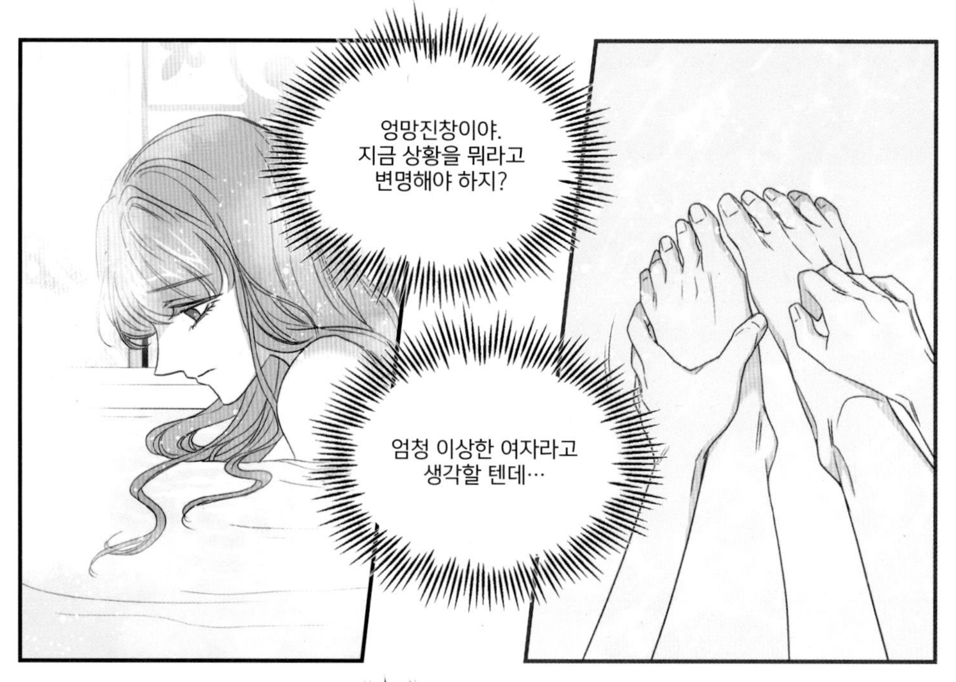
엉망진창이야.
지금 상황을 뭐라고
변명해야 하지?
엄청 이상한 여자라고
생각할 텐데…

엄청
이상한 여자야.

벌
떡
아니,
그보다 더 이상한 건
지금 상황이지.
내가 여기 앉아서 대체
왜 이러고 있는 거야?

쪼르르!!
첨벙

미치겠군, 제정신인가?
씻고 있는 여자의 물소리나
훔쳐 듣고 있다니…
끼이익…

철컥..

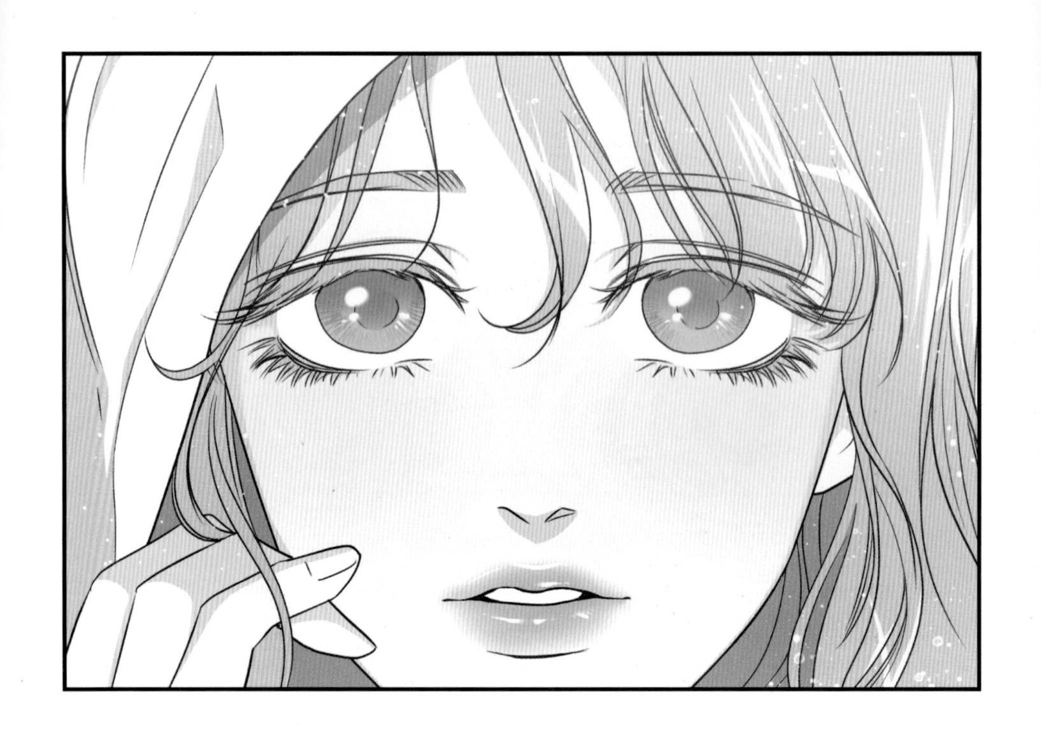

타다다…

휙

알모어에게 어서 식사를 들이라 전해라.
네, 후작님.

달그닥
젠장
대체 왜 이러는 거지?
꿀꺽…
단순히 씻고 나온
여자를 봤을 뿐이야.
그런데 왜 이렇게…

저어…
죄송해요…
사과한다고 될 일은
아니겠지만 정말 너무
죄송합니다.
저 때문에 아침부터
너무 정신이 없으시죠?
천만에요.
놀라지 않았다면 거짓이겠지만…
기분이 나쁜 것은 아니었어요.
싱긋

다음번엔
정식으로 초대하죠.
오늘은 가족들도
걱정하고 있을 테니
식사 후 돌아가도록 해요.

…

…혹시 다시
안 올 생각이었나요?
아뇨.
그런 게 아니라…

…언짢으실지 모르겠지만,
혹시 오늘 나가실 일이
있으신가요?
제가 가고 난 뒤에도
나가지 않았으면 해서요.
제가 나가면
죽기라도 하나요?
정말 궁금하군요.
이유라도 알 수 있으면
좋겠는데.

사실 제가
어제 악몽을 꿨는데…
그 꿈이 너무 불안해서…
오늘 하루라도
안 나가시는 게 좋지 않을까
하는 생각을 했어요.

저런, 악몽이라…
그런 걸 믿으실 정도로
어리신 분으로 보이진
않았는데…

죄송해요.
제가 주제넘게…
아뇨, 그렇게 할게요.
대신 엘제이도 제 부탁
하나만 들어주실래요?

네! 뭐든지요!
뭐든 말씀하시면
제가 다 들어드릴게요.
피식

내가 어떻게 보이든 상관없어요.
당신이 날 어떻게 생각하더라도
내가 할 수 있는 게 이것뿐이라면…
이렇게 해서라도
당신의 운명을 막을 수 있다면
전 막고 싶어요.
이번 코르디스 때
제 파트너가 되어주세요.

툭
네?

역시
부담스럽나요?
그런 부탁은…?
우리… 꽤나 가까워진
친구라고 생각했는데…

친구…요?

끄덕

그… 그러고 보니
언젠가부터 그 역시도
내 이름을 부르고 있었구나.

절 아제프라고
불러줬을 때 사실 전
몹시 기뻤어요.
제가 인덕이 없어 그런지
그동안 제대로 된 친구 하나
사귀질 못했었거든요.

코르디스 때마저
파트너가 없으면
좀 창피하잖아요.
엘제이가 좀
도와줬으면 하는데…
싫은가요?

…

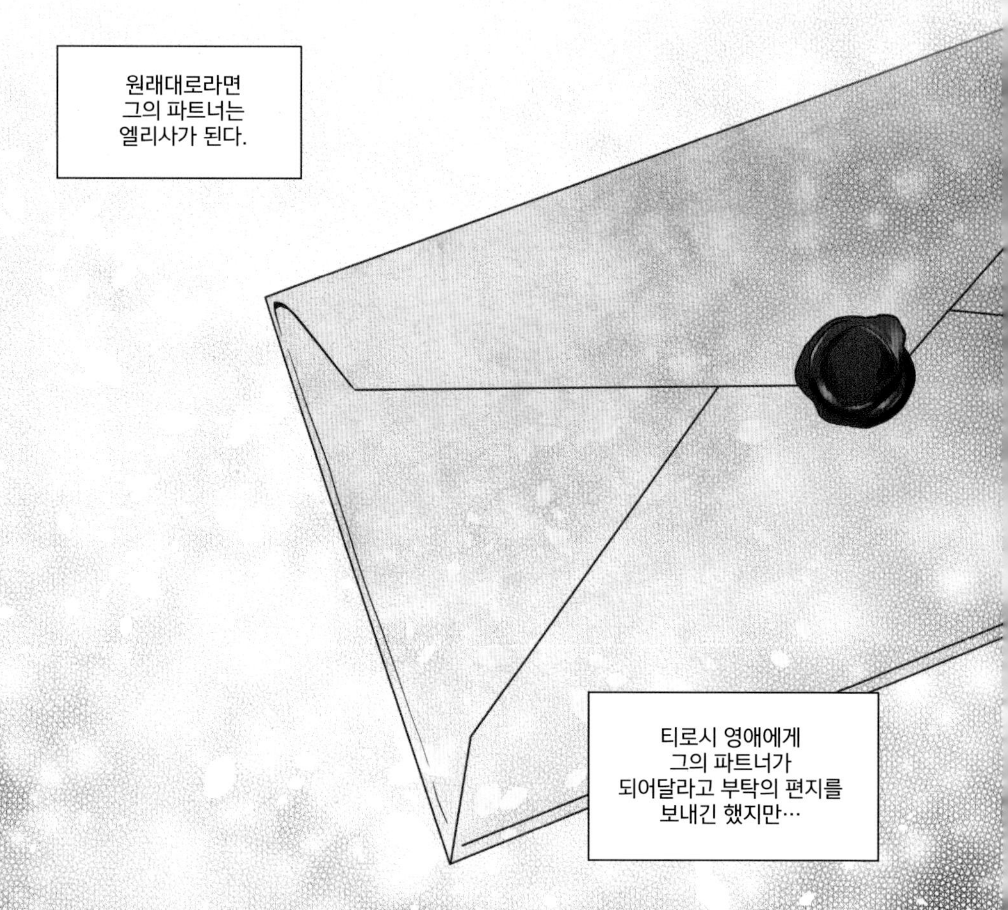
원래대로라면
그의 파트너는
엘리사가 된다.
티로시 영애에게
그의 파트너가
되어달라고 부탁의 편지를
보내긴 했지만…

제 부탁… 들어줄 거죠? 엘제이.

꾸욱!
조금만 더…
생각할 시간을 주세요.

…
스
윽
그래요. 기다리는 제 속이 무척 고달프겠지만…
기꺼이 기다려드릴게요.

저벅
저벅
이 상황에서
뜸을 들이는 건가.
정말
황당한 여자군.

단박에
거절했어야 했는데…

그의 눈을 마주보면서
차마 아니라고 할 수 없었다.

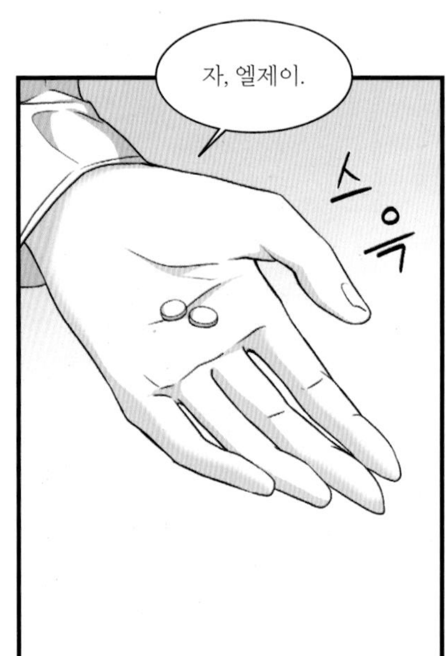

자~ 이것도 먹어요.
꽤 쓸 텐데
잘했어요.
합…
집에 가서도 밥 먹고 난 뒤에
꼬박꼬박 잘 챙겨 먹어야 해요.
알았죠?
우물…
씨익—
어린아이
대하듯이 굴고 있어…
창피하게…

펄럭!
더러워진 망토 대신
이걸 입고 가요.

이 옷은
제가 가장 아끼는 거예요.
꼭 다시 돌려주러 와주세요?
끄덕
그래.
코르디스 때까지만…
딱 그때까지만
가지고 있자.
그리고 나선 반드시…
후작님, 방금 티아세 가의
엘리세 공녀님께서
오셨습니다.

누구?
타
다
다
휘익
두리번..

엘리사…?!

난 여전히 소설 속 두 사람의
운명적 만남을 기억하고 있다.

확실한 것은,
그는 분명 운명에 이끌리듯
그녀를 사랑하게 된다.

이렇게 될까 봐
코르디스 때에도
만나지 못하게 하려 한 것인데…
오히려 나 때문에
더 일찍 만나게 돼버렸어.
코르디스가 끝나면
황제 알체스테도
돌아오겠지?

비참히 버려지는 그는
결국 같은 운명을 되풀이하겠지.

어쩌죠?

내가 어떻게 해야 하죠?

그녀를…

엘리사를 사랑하면 안 돼요…

아제프.

어디가…
대체 얼마나
아픈 거예요? 네?
당신의 운명을 만나지
못하게 할 생각이었는데…
저 때문에…
아픈 거 아니에요…
아닌 게 아닌데요.
얼굴도 무척 빨갛고…
어디가 아픈 거면
바로 돌아갈 게 아니라
여기서 조금 더 쉬는 게 어때요?

아니에요.
그런 거…
당신을 돕겠다고 해놓고선
전 무엇 하나 제대로
해내는 일이 없네요.

이것저것
다 마음에 안 들지만…
이 얼굴이 가장
거슬리는군.
꾸욱
저 여자가
원인인 건가.

역시 안 되겠어요.
아픈 사람을 이대로 보내는 건
제 마음이 편하지 않을 것
같아요.
들어가서
조금 더 쉬세요.
티아세 영애는
제가 돌려보낼 테니.
네? 하지만…
더 이상 폐를 끼칠 수는…

그런 얘기 하지 말아요.
지금도 낯빛이 안 좋은걸요.
탁
자, 그만 들어가요.
네?
언니!!
탁
탁

탁

탁
탁
탁

탁

엘리사…
너…

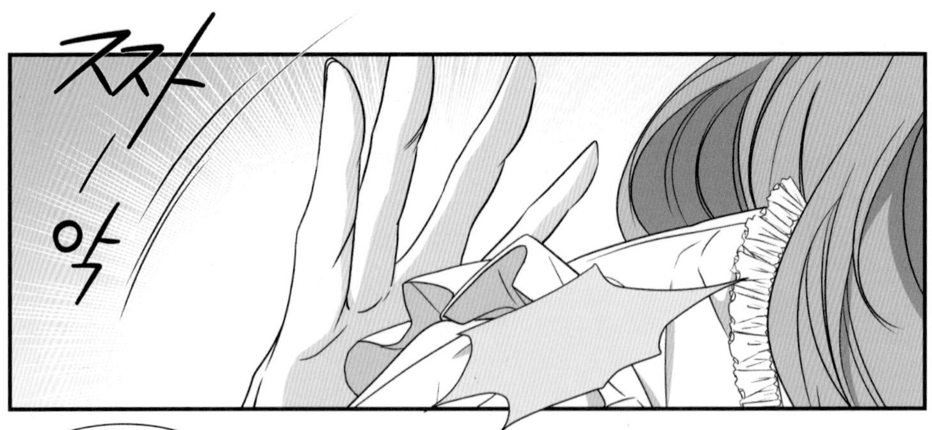

찌--익

드레스를 그렇게 치켜들면 어쩌니?!
아야
아야야야…

밖에선 조심 좀 하라고 누누이 말했지!
아~! 아포오오~!

흠…
흠…

까딱
안녕하세요.
후작님.
저는 티아세 가의 차녀이자
엘제이 티아세의 하나뿐인
쌍둥이 동생
엘리사 티아세라고 합니다.

네. 엘리사 양.
반갑습니다. 이 저택의 주인.
아제프 란델입니다.

고까우니까
눈웃음치지 마.
밤새
제이에게 수작 부린 것
다 알고 왔으니…

뭔가
맘에 들지 않는
여자로군.

만나고 말았어…

운명의 두 사람이…

울컥
어쩌지?

이제 어찌해야…
내가 두 사람의
사랑을 막을 수 있을까?

보내신 서신은 잘 받았습니다.
저희 언니가
이 집에서 참 많은 실례를…

저질렀다 치고…

울린 거예요?

?

우리 제이,
당신이 울렸냐고요?!

꽈악
너… 지금
그게 무슨 말버릇이야!

언니는 좀
가만히 있어.

제가 울렸다고요…?
그보다 우리 제이?

그래요.
우리 제이요.
찌릿

교양 없고…
무식하고…
살쾡이처럼 난폭한
여자로군.

제이…
제이라…

애칭인가요?

당신을
제이라고 부르네요.
저벅
움찔
저벅

이봐요!
지금 내 말 무시한 거예요?
우리 제이 울렸냐고 묻잖아요!

왜 계속 애칭을
부르는 거죠?
슥

…
그거야 당연히
엘리사는 제 동생이니까…

이봐요! 당신!!
스윽
죄송합니다. 방금 뭐라고 하셨나요? 제이의 이야기를 듣느라 그만…
누구더러 제이래. 왜 우리 제이가 당신한테 제이야?

그보다 처음 보는 사인데
말씀이 조금 무례하시군요.
무례는
누가 먼저 저질렀는데?!
엄연한 레이디한테
손가락질을 하지 않나!!
사람 앞에 두고 대놓고
무시하던 사람 어디 갔어요?

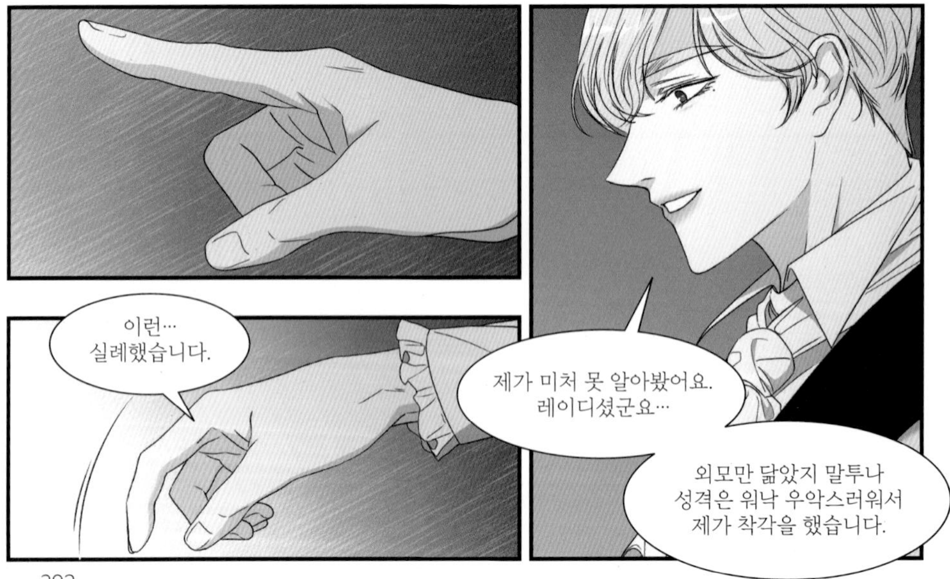
이런…
실례했습니다.
제가 미처 못 알아봤어요.
레이디셨군요…
외모만 닮았지 말투나
성격은 워낙 우악스러워서
제가 착각을 했습니다.

지금 그게
무슨 뜻이죠?
그럼 날 사내로
봤다는 거예요?
하!
화악

뭐? 우악?
한번 악 소리 나게 해줘?
…
뭐… 뭐 하는 거야?
두 사람… 지금 대체…

지
끈
내가 아직
약기운에서 덜 깬 건가…?

제이. 괜찮아요?
왜 그래요?
또 어디가 아파요?
스윽

뭐야? 언니!
이 남자한테 제이라고
불러도 된다고 했어?
불쑥

엘리사 입에서
이 남자라니…
여긴 내가 본
소설 속이 아닌 거야?
다른 세계였던 걸까?

아이고~ 당신!!
남의 애칭을 막 부르는 건
무슨 예의가 흘러넘치는
행동인 줄 아십니까?

엘리사는
그를 몹시 가엾게 여겼고…

아제프는 그녀를
운명처럼 사랑했잖아…

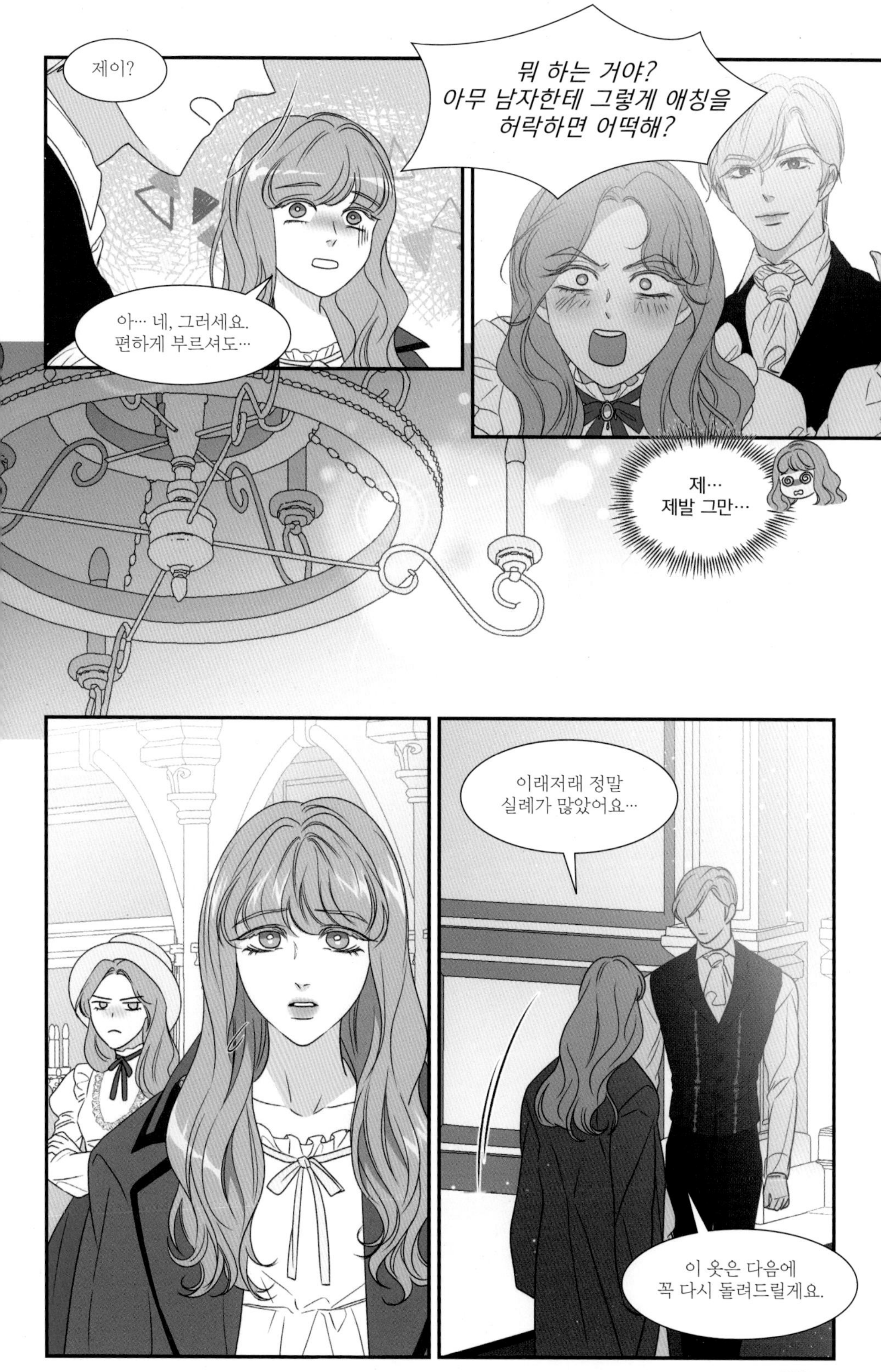
제이?
아… 네, 그러세요.
편하게 부르셔도…
뭐 하는 거야?
아무 남자한테 그렇게 애칭을
허락하면 어떡해?
제…
제발 그만…
이래저래 정말
실례가 많았어요…
이 옷은 다음에
꼭 다시 돌려드릴게요.

부디 빨리… 빠른 시일에
돌려주셨으면 좋겠어요.
싱긋-
꾸벅

다그닥
다그닥

2권에서 계속

악역의 구원자 1

초판 1쇄 발행 2020년 7월 31일
초판 2쇄 발행 2021년 4월 27일

지은이 명랑 잿슨
원작 연슬아
펴낸이 김문식 최민석
기획편집 이수민 박예나 김소정
윤예솔 박소호
디자인 배현정
마케팅 임승규
표지디자인 손현주
편집디자인 현승희
제작 제이오

펴낸곳 (주)해피북스투유
출판등록 2016년 12월 12일 제2016-000343호
주소 서울시 성북구 종암로63, 5F
전화 02)336-1203
팩스 02)336-1209

ISBN 979-11-6479-148-4 (04810)
979-11-6479-147-7 (세트)

- 뒹굴은 (주)해피북스투유의 만화 브랜드입니다.